첫 번째 피

첫 번째 피

아멜리 노통브 장편소설
이상해 옮김

Premier Sang

PREMIER SANG
by AMÉLIE NOTHOMB

내 아버지는 내가 아주 어릴 적에 가졌던 커다란 아이다.

— 사샤 기트리[1]

---

1 이 인용문은 극작가이자 소설가인 뒤마 피스(1824~1895)의 것이다. 뒤마 피스보다 후대 인물인 배우이자 극작가 사샤 기트리(1885~1957)가 인용한 것을 작가가 다시 인용한 것일까, 아니면 단순히 착각한 것일까? 이하 모든 주는 옮긴이의 주이다.

그들이 날 처형대로 끌고 간다. 시간이 엿가락처럼 늘어나고, 매초가 앞선 초보다 한 세기는 더 오래 지속된다. 내 나이 스물여덟이다.

죽음은 내 앞에 늘어선 사형 집행인 열두 명의 얼굴을 하고 있다. 일반적으로 그들에게 지급된 소총 중 하나에는 공포탄이 장전된다. 그리하면 집행자 각자가 곧 저질러질 살인 행위에 대해 자신은 책임이 없다고 믿을 수 있기 때문이다. 그 전통이 오늘도 지켜졌는지는 의심스럽다. 내 앞에 늘어선 집행인 가운데 무죄의 가능성이 필요한 사람은 아무도 없어 보인다.

20분 전쯤 내 이름이 호명되는 걸 들었을 때, 나는 곧

바로 그것이 무엇을 의미하는지 알았다. 그러고는, 맹세하건대, 안도의 한숨을 내쉬었다. 그렇게 그들 손에 죽으면 더는 말을 할 필요가 없을 테니까. 내가 우리의 생존을 놓고 협상을 시작한 지, 우리의 처형을 늦추기 위해 끝없는 담판에 뛰어든 지 넉 달이 되었다. 이제 누가 다른 인질들을 지켜 줄까? 알 수 없다. 그것이 날 불안에 빠뜨린다. 하지만 마음 한편으로 시름을 던다. 마침내 입을 다물 수 있게 되었으니까.

트럭에 실려 기념비까지 오는 동안, 나는 세상을 바라보았다. 그리고 그제야 세상의 아름다움을 인식하기 시작했다. 이 눈부시게 아름다운 세상을 떠나야 하는 것에 안타까움을 느낀다. 무엇보다 28년이라는 세월을 살고 나서야 세상의 아름다움에 눈을 뜬 사실이 유감이다.

그들은 날 트럭에서 땅바닥으로 내동댕이쳤다. 땅과의 접촉이 나를 황홀하게 했다. 너무나 푸근하고 부드러운 그 흙, 그것을 얼마나 사랑하는지! 지구라는 행성은 얼마나 매력적인지! 이제 그것을 훨씬 많이 좋아할 수 있을 것 같다. 이 역시 만시지탄이긴 하지만. 몇 분

후에 내 시신이 묘비도 없이 그 땅에 버려질 거라는 생각에 기쁜 마음마저 들 것 같다.

정오다. 태양이 모진 빛을 내리쬐고, 공기가 식물들의 아찔한 향기를 퍼뜨린다. 나는 젊고 건강하다. 그런데 죽어야 한다니, 너무도 바보 같다. 무엇보다도 역사적인 말을 하지 말아야 한다. 나는 침묵을 꿈꾼다. 나를 도살할 총성만이 내 귀에 거슬릴 것이다.

이런데도 내가 사형대에 서본 경험이 있던 도스토옙스키를 부러워했다니! 이번에는 내적인 존재의 반발을 느껴 볼 차례. 아니, 나는 내 죽음이라는 불의를 거부한다. 다만 짧은 한순간을 더 요구한다. 각 순간이 너무나 강렬하여 초들이 흘러가는 걸 음미하는 것만으로도 나는 황홀경에 빠져든다.

열두 명의 집행인이 총을 들고 나를 조준한다. 눈앞에 지난 삶의 각 순간이 줄지어 지나가는 게 보이느냐고? 내가 느끼는 유일한 것은 하나의 놀라운 혁명, 내가 살아 있다는 사실이다. 각 순간은 한없이 분할될 수 있다. 죽음은 나를 따라잡을 수 없을 것이다. 나는 현재의 단단한 핵 속으로 뛰어든다.

현재는 28년 전에 시작되었다. 내 의식이 눈을 뜨던 시절, 나는 존재하는 것에 대한 유별난 기쁨을 본다.

왜 유별나냐고? 불손하니까. 내 주변에는 슬픔이 지배했다. 내가 태어난 지 여덟 달이 되었을 때, 아버지는 지뢰를 제거하다가 사망했다. 그러니까 일찍 죽는 것은 우리 집안의 전통인 셈이다.

아버지는 군인이었고, 당시 스물다섯 살이었다. 바로 그날, 아버지는 지뢰 제거법을 배우기로 되어 있었다. 그런데 누가 실수로 가짜 대신 진짜 지뢰를 설치해 놓는 바람에 훈련이 짧게 끝나 버렸다. 아버지는 1937년 초에 사망했다.

그로부터 2년 전, 아버지는 내 어머니 클로드와 결혼했다. 그것은 아주 독특하게도 19세기를 연상시키는 벨기에 상류층 집안에서 하는 것과 같은, 다시 말해 절도와 품위가 있는 위대한 사랑이었다. 사진들은 말을 타고 숲속을 산책하는 젊은 부부를 보여 준다. 젊은 부부는 아주 우아하다. 잘생기고 늘씬한 그들은 서로 사랑한다. 마치 바르베 도르비이[2]의 소설에 등장하는 인물들처럼.

그 사진들에서 나를 깜짝 놀라게 만드는 것은 어머니가 짓는 행복한 표정이다. 나는 그런 표정을 짓는 어머니를 한 번도 본 적이 없다. 그 결혼 사진첩은 장례식 사진들로 마무리된다. 어머니는 틀림없이 나중에, 시간이 날 때 그 사진들의 제언을 쓰려고 했을 것이다. 그러다 결국 그 마음이 시나브로 시들해져 버렸을 것이고. 어쨌거나 행복한 신부의 생활은 2년밖에 지속되지 않았다.

내 어머니는 스물다섯 살 때 과부의 표정을 찾아냈고,

---

2 Jules Barbey d'Aurevilly(1808~1889). 프랑스 소설가, 평론가. 병적인 열정이 기이한 범죄로 표출되는 환상적인 작품들을 썼다. 대표작으로는 『이루지 못할 사랑』, 『늙은 정부』, 『악마 같은 여인들』이 있다.

그 후로는 그 가면을 절대 벗지 않았다. 웃음조차 굳어 버렸다. 딱딱하게 굳은 표정이 그 얼굴을 점령했고, 얼굴에서 젊음을 앗아 버렸다.

주변 사람들이 그녀에게 말했다.

「그나마 아들이라도 있는 걸 위안으로 삼아.」

그녀는 요람 쪽으로 고개를 돌려 방긋방긋 웃는 예쁜 아기를 보았다. 그 밝은 표정은 그녀를 낙담하게 만들었다.

하지만 내가 태어났을 때 어머니는 나를 사랑했다. 그녀의 첫아이는 아들이었고, 사람들은 축하의 말을 건넸다. 이제 그녀는 내가 그녀의 장남이 아니라 유복자라는 걸 알고 있었다. 남편 사랑을 자식 사랑으로 대체해야 한다는 사실이 그녀를 화나게 했다. 물론 그녀에게 이렇게 대놓고 말한 사람은 아무도 없었다. 하지만 그녀는 늘 그렇게 알아들었다.

클로드의 어머니는 잔정이 많고 부드러운 여자였다. 딸의 애달픈 운명은 그녀를 공포에 빠뜨렸다.

「네 슬픔을 나한테 털어놓으렴, 에구 불쌍한 것.」

「그만해요, 엄마. 혼자 괴로워하게 내버려두세요.」

「그래, 그래. 실컷 괴로워하렴. 그러다 고통이 끝나면, 그때 재혼하고.」

「그만두세요! 난 절대 재혼하지 않을 거예요. 앙드레는 내 인생의 남자였고, 지금도 변함없어요.」

「물론이지. 너한테는 파트리크도 있으니까.」

「말을 참 이상하게 하시네요!」

「넌 네 아들을 사랑해.」

「물론이죠, 난 그 아이를 사랑해요. 하지만 난 내 남편의 팔을, 그의 눈길을 원해요. 그의 목소리를, 그의 말을 원한다고요.」

「우리 집에 들어와서 살지 않으련?」

「싫어요. 그냥 내 아파트에서 계속 살고 싶어요.」

「파트리크를 당분간 나한테 맡기면 어떻겠니?」

클로드는 동의의 표시로 어깨를 으쓱했다.

외할머니는 얼씨구나 쾌재를 부르며 날 데려갔다. 장성한 딸 하나와 아들 둘을 둔 외할머니는 뜻밖의 횡재에 크게 기뻐했다. 또다시 아기를 가졌으니까.

「내 작은 파트리크. 참 어여쁘기도 하구나, 내 사랑!」

외할머니는 내 머리카락이 길게 자라도록 놔뒀고, 나

에게 브뤼주[3] 레이스 목깃이 달린 검은색이나 푸른색 벨벳 정장을 입혔다. 나는 비단 양말과 단추가 달린 반장화를 신었다. 그녀는 나를 품에 안고 거울에 내 모습을 비추며 말했다.

「사랑스럽기도 하지. 너처럼 예쁜 아기를 본 적 있니?」

그녀가 너무나 황홀한 표정으로 날 바라봤기에 나는 내가 정말 잘생긴 줄 알았다.

「여배우처럼 긴 속눈썹, 푸른색 눈, 하얀 피부, 섬세한 입, 새까만 머리카락, 이렇게 예쁜 걸 어디서 본 적 있니? 넌 그림으로 남기고 싶을 정도로 예쁘단다.」

이 생각은 그녀에게 오래 남아 있었다. 그녀는 딸에게 브뤼셀의 유명한 화가 앞에서 나와 함께 포즈를 취해 보면 어떻겠냐고 권했다. 클로드는 거절했다. 하지만 자꾸 권하다 보면 딸이 언젠가는 받아들일 것이라는 걸 그녀는 알고 있었다.

어머니는 사교계 생활에 뛰어들었다. 그녀는 파티를 높게 평가하지도 않았고, 자신이 거기서 하는 일을 좋아

3 Bruges. 벨기에 서북부의 도시. 특산품으로 레이스가 유명하다.

하게 될 줄은 꿈에도 몰랐다. 어머니는 산책하듯 사교계를 돌아다니며 가슴이 아릴 정도로 우아하게 상(喪)을 치렀다. 그 사정을 잘 이해하고 그녀가 원하는 이미지를 비춰 줄 수 있는 관객들 앞에서. 그녀에게는 그것이면 충분했다.

어머니는 아침마다 〈오늘 저녁에는 뭘 입지?〉라고 생각하며 잠에서 깨어났다. 그 질문이 그녀의 삶을 채웠다. 그녀는 그토록 고상한 절망에 옷을 입히는 일에 열광하는 유명한 여성복 디자이너들의 가게를 돌아다니며 오후 시간을 보냈다. 드레스와 정장 들은 그녀의 크고 야윈 몸에 완벽할 정도로 잘 어울렸다.

1937년부터 벨기에 상류층의 저녁 파티를 소개하는 거의 모든 사진에 클로드의 경직된 미소가 실렸다. 그녀의 참석이 파티의 품위와 훌륭한 취향을 보장해 준다고 느낀 사람들이 사방에서 그녀를 초대했다.

남자들은 그녀에게 구애해도 전혀 위험하지 않다는 것을 알고 있었다. 그녀가 절대 넘어오지 않을 테니까. 그래서 그들은 그녀의 뒤를 졸졸 따라다녔다. 그것은 기분 좋은 소일거리였다.

나는 절망적인 사랑으로 내 어머니를 사랑했다. 나는 그녀를 거의 볼 수가 없었다. 어머니는 일요일마다 친정에 들러 점심을 먹었다. 나는 그 눈부시게 아름다운 여성을 향해 고개를 들었고 양팔을 벌린 채 달려갔다. 그녀에게는 포옹을 피하는 특별한 방식이 있었다. 그녀는 나를 들어 올려 안지 않기 위해 나를 향해 양손을 내밀었다. 공들여 한 단장을 망칠까 봐 그랬던 것일까? 그녀는 일그러진 미소를 지으며 이렇게 말했다.

「안녕, 패디.[4]」

당시에는 영어식 표현이 유행이었다.

어머니는 내가 분석해 내지 못한 상냥함과 실망감이 동시에 묻어나는 표정을 지으며 날 머리끝에서 발끝까지 훑어보았다. 그녀가 내게서 죽은 남편의 모습을 되찾길 원했다는 것을 내가 어떻게 이해할 수 있었겠는가?

식탁에서 어머니는 아주 조금씩만, 그리고 아주 빨리 음식을 먹었다. 음식을 입까지 가져가는 의무를 후딱 해치우는 것처럼. 그런 다음에는 핸드백에서 멋진 담뱃

---

4 파트리크의 영어식 애칭.

갑을 꺼내 담배를 피웠다. 그녀의 아버지는 꾸짖듯 그녀를 노려보았다. 여자가 담배를 피워서는 안 되는 시절이었으니까. 그녀는 모르리라 여겼겠지만, 눈길을 돌리는 그녀의 태도에는 무시가 묻어났다. 말을 할 수 있었다면, 그녀는 아마 이렇게 말했을 것이다. 〈전 불행한 여자예요. 그러니 적어도 담배는 피우게 해주셔야죠!〉

「그래, 클로드. 이야기나 좀 해보렴.」 할머니가 말했다.

어머니는 아무개 씨 집에서 열린 칵테일파티, 메리와 나눈 아주 흥미로운 대화, 소문으로 떠도는 테디와 애니의 이혼, 약간 우스꽝스러운 캐서린의 정장 얘기를 떠벌렸다. 어머니는 모든 이름을 영국식으로 발음했고, 자신의 부모를 마미, 대디라 불렀다. 그리고 자기 이름을 줄여 부를 수 있는 〈매력적인 영국식 약자〉가 없는 것을 매우 아쉬워했다.

그녀는 영국 사람들이 그런 식으로 발음할 거라고 확신한 나머지 거의 분절을 하지 않은 채, T를 강조하며 아주 빨리 말했다.

「조금 있다 타티아나 집에서 열리는 차 모임에 갈 거예요. 차 모임 하는 걸 좀 보세요. 타티아나는 그녀가 주장하는 것만큼 우울증에 빠지지 않았다니까요.」

「파트리크도 데려가면 어떠니?」

「안 돼요, 마미. 심심해 죽으려고 할 거예요.」

「아녜요, 엄마. 나도 엄마를 따라가고 싶어요.」

「떼쓰지 마, 얘. 아이는 한 명도 없을 거야.」

「아이들이 없어도 난 괜찮아요. 익숙하니까요.」

어머니는 턱을 약간 쳐들며 한숨을 내쉬었다. 그 표정
은 나를 죽이고 있었다. 그 무정하고 숭고한 여인이 보
기에 내가 큰 실수를 저질렀다는 것을 나는 깨달았다.

할머니는 내가 고통을 겪고 있다는 걸 눈치챘다.

「둘이 함께 정원에 나가 산책이나 하고 오렴. 파트리
크는 바람 좀 쐬어야겠다.」

「바람, 바람, 늘 그놈의 바람!」

어머니가 그런 식으로 말하는 것을 나는 몇 번이나 들
었을까? 어머니는 바깥바람을 쐬어야 하는 필요성에 대
한 위생학적인 고려들이 불합리하다고 생각했다.

어머니가 나를 두고 집을 나섰을 때, 나는 슬픈 만큼
마음이 놓이기도 했다. 무엇보다 어머니도 나처럼 이런
이중적 감정에 시달린다는 것을 알기 때문에 더욱 슬펐

다. 어머니는 날 안아 주고는 나를 향해 낙담의 눈길을 던진 다음 빠른 걸음으로 집을 나섰다. 어머니의 하이힐이 나를 사랑으로 병들게 하는 멋진 소리를 내며 점점 멀어져 갔다.

내가 네 살 때 전쟁이 터졌다. 나는 그게 아주 심각한 사건이라는 걸 알고 있었다.

「생일 선물로 뭘 받고 싶니?」 할머니가 물었다.

나는 스스로 뭘 갖고 싶어 할 수 있는지에 관한 그 어떤 생각도 갖고 있지 않았다.

「네가 말을 하지 않으니 제안하마. 네 엄마 품에 안겨 브뤼셀 최고의 초상화가 앞에서 포즈를 취하면 어떻겠니? 그 화가가 너희 모자의 초상화를 그릴 거야. 시간이 꽤 걸릴 테니 얌전히 있어야 할 게다.」

외할머니의 말에서 내 귀에 들린 유일한 것은 〈엄마 품에 안겨〉였다. 나는 열렬히 찬성했다.

클로드는 외할머니의 제안을 듣고 시큰둥한 반응을 보였다. 하지만 이번에는 굳이 마다하지 않았다. 그 화가가 사교계에서 인기가 많았기 때문이었다.

예정된 날, 어머니는 소박해 보이게 꾸민 레이스로 지은, 가슴이 깊이 파인 화려한 드레스를 입고 도착했다. 화가 베르스트라텐 씨가 넋 나간 표정으로 어머니를 쳐다봐서 나는 가슴이 뿌듯했다. 할머니는 나에게 흰색의 큼직한 레이스 목깃이 달린 검은색 벨벳 정장을 입혔다.

베르스트라텐 씨가 어머니에게 안락의자에 앉으라고 권했고, 그는 곧바로 어머니가 취한 포즈에서 풍기는 우아함에 완전히 매료되었다. 그는 초상화에 나도 넣어야 한다는 걸 알고 있었고, 그것을 무척 아쉬워하는 것처럼 보였다.

「따님을 무릎에 앉히고 의자 팔걸이에 등을 기대게 하시죠.」 그가 제안했다.

「딸이 아니라 아들이에요.」 어머니가 말했다.

화가는 이 언급에는 전혀 신경을 쓰지 않았다. 그는

나를 어머니의 액세서리쯤으로 취급했고, 내가 많은 자리를 차지하지 않는 것을 다행으로 여겼다.

「부인, 두 손으로 아드님을 감싸 주시겠습니까? 손이 정말 아름답군요.」

내 몸에 어머니의 손이 닿자 나는 혼란스러운 쾌감을 느꼈다. 포즈를 취하는 일은 무척 많은 시간이 걸렸고, 오후마다 여러 차례 반복되었다. 어머니 품에 안겨 그 각진 몸을 느낄 때마다 나는 감격을 억누를 수 없었다.

「아드님이 정말 얌전하군요!」 어머니를 기분 좋게 해 주려고 화가가 말했다.

어머니는 자기가 잘 키워서 그런 것은 아니라고 굳이 밝히지 않았다. 내가 처음으로 어머니에게 자랑거리가 된 셈이었다. 우쭐해진 나는 왕도 부럽지 않았다.

우리는 초상화가 완성되고 나서야 비로소 그것을 볼 수 있었다. 우리는 우리와 전혀 닮지 않은 눈부신 작품을 발견했다. 나는 초상화를 제대로 보기도 전에, 그것을 좋아해도 되는지 알기 위해 어머니의 표정부터 살폈다. 어머니는 황홀경에 빠진 표정을 짓고 있었다. 화가가 어머니의 얼굴에서 경직된 표정을 지우고 그것을 자상한 부드러움으로 대체하여, 마치 어머니가 사랑을 기다리는 여자인 것처럼 재현해 놓았기 때문이었다. 옥좌에 앉은 그림 속의 여인은 순종 그레이하운드 대신 성별이 모호한, 꿈에 젖은 우아한 어린 천사를 무릎에 앉히고 귀한 손님을 맞이하는 젊은 시절의 게르망트 공작부인[5]이었다.

베르스트라텐 씨가 판결을 청하자, 어머니는 곧바로 동의하지 않는다는 표정을 지어 보였다.

「사람들이 보면 못 알아보겠군요.」

「전 보이는 대로 그렸을 뿐입니다, 부인.」

「화가님 눈에는 제 아들이 일고여덟 살로 보이시나요?」

아닌 게 아니라 그림 속의 나는 훨씬 더 큰 아이처럼 보였다. 화가는 이 어마어마한 말을 했다.

「저는 이 초상화가 시간을 초월하길 바랐습니다.」

반박할 수많은 논리적 근거들이 있었지만, 어머니는 이렇게 결론짓고 말았다.

---

5 마르셀 프루스트의 『잃어버린 시간을 찾아서』 3편 「게르망트 쪽」의 등장인물.

「어쨌거나 아주 근사하군요. 감사드려요, 화가님.」

화가는 그 말을 이만 가달라는 뜻으로 알아들었고, 거금을 챙겨 집을 나섰다.

할머니는 그림을 보자마자 탄성을 터뜨렸다.

「세상에나, 내 평생 이렇게 멋진 초상화는 처음 봐!」

「참 나, 마미. 과장이 지나치시네요.」

「애야, 파트리크. 넌 어떻게 생각하니?」

나는 내 모든 용기를 모아 감히 어머니의 의견에 반대했다.

「마음에 쏙 들어요. 너무나 아름다운걸요.」

「물론 그렇겠지. 이 〈피치 앤드 크림〉색이 아이들 취향이니까.」 클로드가 말했다.

〈피치 앤드 크림〉색이 어떤 것인지 이해하지 못했지만 나는 물러서지 않았다.

「파트리크, 네 생일 선물이니 네 침실에 걸어 놓자꾸나.」 할머니가 기뻐하며 말했다.

「베르스트라텐의 작품을 네 살배기 아이의 침대 곁에 두다니요!」 클로드가 발끈했다.

「그럼 네 방에 두고 싶니?」할머니가 물었다.

할머니의 물음에는 애매한 구석이 있었다.[6] 어쩌면 나만 그렇게 느꼈는지도. 할머니가 말한 것은 그림이었을까, 아니면 나였을까? 그래서인지 어머니의 대답은 내 가슴을 더욱더 쓰라리게 후벼 팠다.

「〈그거〉, 내 마음에 안 든다니까요!」

할머니는 애매함을 가시게 한 이 지적을 덧붙임으로써 내 아픔을 얼마나 덜어 줬는지 결코 알지 못했다.

「얘야. 네가 깜빡하고 있는 것 같은데, 이건 브뤼셀 최고의 초상화가가 그린 그림이야.」

「설사 그뢰즈[7]가 그린 그림이라 해도 나한테는 그걸 좋아하지 않을 권리가 있어요. 아, 벌써 6시네. 약속이 있어서 가봐야겠어요.」

어머니는 서둘러 우리를 안아 주고는 집을 나섰다. 할머니와 나는 마음 깊은 곳에서 우러나는 공모의 충동

6 앞 문장의 원문은 Le veux-tu chez toi?으로 대명사 le가 초상화와 파트리크를 둘 다 지칭할 수 있기 때문에 의미가 모호해진다.

7 Jean Baptiste Greuze(1725~1805). 18세기 전반 로코코 화풍을 대표하는 프랑스 화가로 「게으름뱅이 소년」, 「어린 소녀의 두상」 등의 작품을 남겼다.

을 나누며 오랫동안 그 예술 작품을 감상했다. 그 후로 나에게 그토록 큰 기쁨을 준 그림은 없었다. 초상화 속의 부인은 내가 꿈꾸던 대로의 어머니, 즉 행복하고, 깨어 있고, 빛을 발하는 우월한 아름다움을 지닌, 무엇보다 다정하게 날 무릎에 앉힌 어머니였다.

할머니가 화려한 금박 액자를 주문해 내 기쁨을 절정에 이르게 했다. 그 거대한 초상화는 침대 맞은편 벽에 걸렸다. 이렇게 해서, 나는 매일 밤 점점 더 허구적으로 변해 가는 성모화를 바라보며 잠이 들었다.

그 후로 나는 어머니가 첫눈에 그 그림을 마음에 들어 하는 기색이 분명했음에도 왜 퇴짜를 놓았는지 자주 생각해 보았다. 물론 흔한 방식으로 해석할 수도 있었다. 전문가의 보증을 받지 않은 작품을 높이 평가하는 위험을 어머니가 무릅쓰지 않은 것일 수도 있었다. 이런 경우, 좋아하는 것보다는 트집을 잡는 게 덜 멍청해 보이니까. 하지만 나는 보다 심원한 이유를 의심했다. 어머니가 초상화에서 본 것은 남자의 유혹에 응하는 여자였다. 사실, 포즈를 취하는 동안 어머니와 화가 사이에 묘한 마법이 일어났다. 말하자면, 사별한 남편이 아닌 남자와 부지불식간에 유혹의 게임을 벌이는 자신을 현장에서 발견한 클로드는 그것이 부끄러웠을 것이다. 베르스트라텐의 초상화를 마음에 들어 하지 않은 것은, 그녀가 남편을 생각할 때 있을 수 없는 일이라고 판단한 이 일탈을 부인하는 것과 같았다.

나는 예술적 취향이 뛰어난 사람이 아니다. 난 그저 그 그림이 좋았고, 그래서 어디로 부임하게 되든 그림을 가져갔다. 사람들은 그 그림을 19세기에 그려진 초상화라고 생각한다. 나도 그들을 이해한다. 그 부인이 내 어머니고, 그 아이가 나라고 밝히면 사람들은 깜짝 놀란다. 그 어린 시동(侍童)의 모습에서 날 알아보기는 무척 어려우니까. 결론은 여지없이 이러하다. 「어머님이 무척 아름다우셨군요!」 고백하건대, 이런 평가는 어머니와 포즈를 취하는 동안만 존재했던 행복의 이미지와 같이 나를 만족감으로 가득 채워 준다.

나는 서서히 그림 속의 어머니가 현실의 어머니보다 더 잘 기능한다는 것을 깨달았다. 화가는 어머니를 아름답게 미화했을 뿐만 아니라, 무엇보다 그녀를 더욱

현존하는 존재로 만들어 놓았다. 화가는 그녀를 바라보는 자신의 눈길을 통해 그녀의 영혼을 그녀의 육체에 거하게 하는 데 성공했다. 너무나 드문 이 영혼과 육체의 일치가 어머니에게 예외적인 힘을 부여했다.

어머니는 이제 그 여자가 아니라, 그 그림이었다.

내 외할아버지는 가족 중 유일하게 뭔가가 잘못되어 가고 있다고 느꼈다.

「아이가 늙은이들하고만 지내는 건 안 좋아. 유치원에 보내야겠어.」

브뤼셀의 장블린 드 뫼 광장 한구석에 유치원이 하나 있었다. 할머니는 내 손을 잡고 불안을 잠재우려는 것처럼 부드럽게 말을 걸며(그 바람에 내 불안은 오히려 열 배로 커졌다) 나를 그곳으로 데려갔다.

놀랍게도 나는 거기서 다른 아이들이 존재한다는 사실을 발견했다. 우연하게도 나는 여자아이 반에 들어갔다. 그것이 내 기운을 북돋아 주었다. 나의 독특하고 애매한 정체성이 회복되었으니까.

여자아이들은 나를 좋아했다. 그들은 내가 보통 남자아이들과는 반대로 친절하고 상냥하다고 말했다. 나는 무척 기뻤다. 그 아이들에게서 인형놀이와 고무줄뛰기를 배웠다.

외할아버지는 2년이 지나서야 유치원이 나를 사내답게 단련시키지 못한다는 사실을 알아차렸다. 그는 어머니에게 이렇게 말했다.

「네 아들은 이제 여섯 살이야. 곧 초등학교에 들어가야할 텐데 아직 준비가 안 된 것 같구나.」

「그게 무슨 말씀이세요, 대디? 이미 로마자도 다 떼고있는걸요.」

「문제는 그게 아냐. 파트리크는 너무 여려. 해결책은 하나밖에 없어. 노통브 집안에 보내 여름을 나게 해야겠다.」

어머니의 얼굴이 창백하게 질렸다.

「가엾은 패디!」

「넌 그 집안사람과 결혼했어.」

「야만인이 아닌 유일한 노통브와 결혼했죠.」

「넌 그 집안의 군인과 결혼했고, 그는 아주 품위가 있었어. 하지만 너도 알다시피 파트리크에게는 네 엄마가 줄 수 없는 약간의 사내다움이 필요해. 그 아이는 점점 여려지고 있어. 강하게 단련시킬 때가 됐다고.」

「그렇다고 노통브 집안에 맡기다니요!」

할아버지는 한번 마음먹은 것을 쉽사리 포기하는 사람이 아니었다. 그는 나에게 곧 노통브 집안에 가게 될 거라고 통보했다.

나는 무척 신이 나 있었다. 내가 어떤 종족에게서 성을 물려받았는지 마침내 알게 될 테니까.

「엄마가 날 데려다줄 거예요?」

「난 이제 퐁두아에는 못 간단다. 그곳에는 내 마음을 갈가리 찢어 놓는 추억들이 깃들어 있거든.」

할머니가 눈물을 글썽이며 말했다.

「가엾은 것, 네가 잘 견딜 수 있을지 걱정이구나.」

도대체 날 어디로 보내길래 이러는 거야?

할머니는 깊은 슬픔에 빠져 내 긴 머리카락을 잘랐다.

「이제 좀 사내아이 같구나.」 그녀가 억지로 기쁜 표정을 지으며 말했다.

할머니는 옷가지 외에 비스킷 여러 통과 우유에 타 먹는 카카오 봉지, 이런저런 다양한 과자로 내 가방을 가득 채웠다.

「내가 기차로 퐁두아까지 데려다주마.」

「안 돼. 내가 데려다주겠소.」 할아버지가 끼어들었다.

「그런데 퐁두아가 뭐예요?」 내가 물었다.

「노통브 집안사람들이 거주하는 아르덴 숲[8]의 성이란다.」

성이라…… 난 어서 그곳에 가고 싶어 안달이 났다. 나는 외호(外濠)와 도개교를 상상했다.

---

8 Forêt des Ardennes. 벨기에 남동부와 룩셈부르크, 프랑스 북동부 일부에 걸쳐 있는 산악 지역.

7월 1일, 외할아버지와 나는 레오폴드역에서 기차를 탔다. 브뤼셀에서 아를롱까지 네 시간이 걸렸다. 할아버지는 장군복을, 나는 세일러복을 다시 꺼내 입고 있었다. 나는 창가에 앉아 시간이 갈수록 점점 야생적으로 변해 가는 풍경을 바라보았다. 제멜에서 아르덴의 거대한 숲이 시작되었고, 나는 그 눈부신 아름다움에 입을 다물 지 못했다.

할아버지는 어두운 표정을 짓고 있었다. 나는 그가 자신의 의무를 수행하고 있다는 것을, 내가 곧 힘든 입문 과정을 겪게 되리라는 것을 이해하지 못하고 있었다.

우리가 코딱지만 한 시골 역 아베라뇌브에 내리자, 위르스마르라는 이름을 가진 노통브 집안의 집사가 기다리고 있다가 우리를 말 두 필이 끄는 이륜마차로 안내했다. 나는 그 마차를 타고 역에서 퐁두아까지 6킬로미터를 달리면서 크나큰 기쁨을 맛보았다. 할아버지는 이제 딱딱하게 굳은 표정을 짓고 있었다.

저 멀리, 숲 위로 우뚝 솟은 탑이 보였다. 퐁두아는 나에게 실망감보다는 놀라움을 안겼다. 멀리서 볼 땐 숲에 파묻힌 것 같았지만, 가까이 다가가 보니 그 성은 곶 위에 서 있었다. 적어도 확실하게 말할 수 있는 건 그 성이 요새형의 성과 전혀 닮지 않았다는 사실이다. 그 성을 지칭하기 위해 비(非)요새형 성이라는 명칭을 만들어 낼 수 있을 정도로.[9] 17세기에 지어진 그 우아한 성도 한때는 호시절을 누린 적이 있었다. 하지만 이제 우거진 숲을 등지고 호수가 내려다보이는 위치에서 기인하는 그 성의 아름다움에서는 어떤 쇠락이 느껴졌다. 그

9 〈요새형의 성〉은 프랑스어로 château fort, 직역하면 〈강한 성〉이다. 〈비요새형 성〉의 원문은 château faible으로, 직역하면 〈약한 성〉이다. 부득이 〈약한〉을 〈비요새형〉으로 옮겼다.

나마 그 성을 구원한 것은 그 색조, 햇빛을 받으면 장밋빛 황토색과 노지 복숭아의 뉘앙스를 띠는 밝은 적색의 담채화 같은 그 색조였다.

거대한 현관 포치가 성 전체를 압도했다. 포치를 지나자마자, 나는 그곳의 매력에 흠뻑 빠져들었다. 수많은 창문이 뚫린 건물 전면, 야생 장미 나무가 우거진 정원, 자갈이 깔린 통로, 퐁두아는 그 다양한 멋을 나에게 보여 주었다. 자갈 통로 끝에 귀인의 풍채를 지닌 한 노인이 서 있었다.

할아버지가 속삭였다.

「저분이 남작이시다.」

할아버지의 말투에 냉소가 묻어났다. 남작이 우리를 향해 걸어오며 세련된 말들을 늘어놓았다.

「친애하는 장군, 어쩐 일로 이 먼 곳까지! 오시는 줄 알았으면, 브뤼셀로 내 자동차를 보내 드렸을 텐데요.」

「안녕하시오, 피에르. 차는 언제 장만하셨습니까?」

「언제였는지는 기억이 안 나는군요, 친구.」 그 풍채 좋은 노인이 내 존재를 막 알아차린 것처럼 내 앞에 멈춰 서며 말했다.

「별처럼 예쁜 아이야. 네가 너무 일찍 세상을 뜬 내 장남의 아들, 내 장손 파트리크로구나.」

그가 엄숙한 눈길로 내 눈 속을 깊이 들여다보았다.

「명심하거라, 파트리크. 너도 내 장남의 장남으로서 이 집안을 다스리게 될 것이다. 너도 언젠가 이 성을 지배하게 될 거야.」

그가 한 말의 내용은 그가 말을 하는 방식만큼이나 놀라웠다. 나는 매료된 만큼 겁에 질려 있었다.

할아버지는 나만큼 심취해 있지는 않은 것 같았다.

「피에르, 소개가 끝났으니 난 이제 가보도록 하겠소. 위르스마르가 날 역까지 태워다 줄 거요.」

「장군, 벌써 가시다니요!」

「기차는 날 기다리지 않을 겁니다. 안녕, 파트리크. 8월 31일에 데리러 올 테니 여름휴가 잘 보내거라!」

외할아버지가 멀어지는 동안, 피에르 노통브가 나에게 그를 뭐라고 부르느냐고 물었다.

「할비요.」 내가 대답했다.

「좋아. 그럼 나를 할아버지라고 부르거라.」

「할비는 남작이라고 부르던데요.」

「맞아. 내가 죽으면 너도 남작이 될 거다.」

「남작이 무슨 뜻이에요?」

「어떻게 설명해야 할까? 남작은…… 나 같은 사람을 뜻한단다.」

나는 이해했다는 듯 고개를 끄덕였다.

「할머니는 어디 계세요?」

「그 거룩한 부인은 오래전에 돌아가셨단다. 내가 15년 전에 다른 매력적인 부인과 재혼했으니, 그분을 할머니라고 부르거라. 마침 저기 오는구나.」

피에르 노통브보다 훨씬 젊어 보이는 부인이 다가왔다. 할머니는 40대로 금빛 머리카락과 함께 선의로 가득한 미소를 지니고 있었다. 할머니는 날 다정하게 안아 주고는 아주 많을 것이라 짐작되는 다른 집안일을 하러 갔다. 그녀의 우아함 뒤에 감춰진 피로를 알아차리기 위해서는 아직 시간이 필요했다.

반면에 할아버지는 기운이 철철 넘쳤다. 그는 나를 데리고 그가 공원 길이라고 부르는 곳, 다시 말해 정원을 거닐러 갔다.

「너, 시를 좋아하니, 파트리크?」

「낭송하는 것 말씀하시는 거죠?」

「그러기도 하지. 시만큼 중요한 건 아무것도 없단다. 난 시인이야.」

「사람들이 낭송하는 걸 지으시는 거예요?」

「그렇게 말할 수 있지.」

외할머니는 도대체 왜 내 운명을 가엾게 여겼을까? 이 멋들어진 곳에, 나에게 극도로 정중하게 말을 건네는 이 훌륭한 분 곁에 나를 보내면서 왜 사색이 되었을까?

「네가 내 시들을 읽고 의견을 말해 주면 좋을 텐데.」

「저도 글을 읽을 줄 아니까 그렇게 할게요.」

「글을 읽을 줄 안다고? 너, 몇 살이니?」

「여섯 살이요.」

「내 아들 중 막내가 그 나이란다. 그 녀석이 글을 읽을 줄 아는지는 의심스럽구나.」

「할아버지한테 저랑 동갑인 아들이 있나요?」

「그래. 자식을 열셋이나 두려면 시간이 꽤 걸리지. 넌 세상을 뜬 내 장남의 아들이고, 샤를은 내 열셋째 아들이야. 네 생일은 언제니?」

「5월 24일이요.」

「샤를의 생일은 5일 3일이야. 너희는 같은 해, 같은 달에 태어났어.」

「할아버지의 자식들은 다들 어디 있어요?」

「첫 결혼에서 태어난 자식들은 장성했거나 죽었지. 난 자식 셋을 잃었단다. 네 아버지, 그리고 어린 나이에 죽은 루이즈와 마리자벨. 두 번째 결혼에서 태어난 자식들은 아마 숲에서 뛰어놀고 있을 거야. 너도 곧 만나게 될 게다. 성을 구경시켜 줄까?」

할아버지는 격식을 차려 가며 나를 성 안쪽으로 데려갔고, 베르사유궁이라도 되는 것처럼 한껏 과장하며 살롱들을 보여 주었다. 나는 그처럼 웅장한 곳을 한 번도 본 적이 없었다. 할아버지의 거창한 소개가 과시의 트럼펫처럼 요란하게 울려 퍼지는 바람에 오히려 비참하다고 할 수 있는 그 성의 현실을 제대로 볼 수 없었다.

피에르 노통브는 퐁두아의 방들에 일일이 이름을 붙였다. 심지어 그 넓은 성에 단 하나밖에 없는 화장실에도 〈트리아농〉[10]이라는 이름이 붙어 있었다. 성 구경은 나를 매료시켰다. 이 고색창연한 성에서 두 달을 보낼

10 Trianon. 베르사유궁에 있는 작은 궁의 이름.

수 있다니, 나에게 어떻게 이런 영예가!

할머니가 다가와 할아버지에게 아무개 후작 부인이 오셨다고 알렸다. 할아버지가 나에게 사과를 했다.

「후작 부인께서 날 기다리신다는구나.」

나는 창문을 통해 할아버지가 한껏 차려입은 한 부인에게 종종걸음으로 다가가서는 비둘기 수컷이 암컷을 유혹하기 위해 가슴을 부풀리거나 상체를 굽신거리는 것처럼 퍼레이드를 펼치는 것을 보았다.

「네 가방은 어디 있니, 애야?」 할머니가 물었다.

「현관 포치 아래에 두고 온 것 같아요.」

「가지러 가자꾸나.」

할머니는 가방을 4층까지 옮겨 주었다. 그곳은 공동 침실로 개조한 낡고 길쭉한 일종의 다락방이었다.

「넌 여기서 묵게 될 거야.」

할머니는 임자가 없는 것으로 보이는 침대 하나를 찾아 그 위에 내 가방을 내려놓았다. 침대들 사이의 통로는 완전히 난장판이었다. 더러운 헌 옷가지와 푹 꺼진 베개들이 워낙 어지럽게 널려 있어서 어느 곳에 발을 디뎌야 할지 알 수 없을 정도였다.

나는 소지품을 어느 장롱에 정리해야 하는지 물으려다가 그곳에 가구가 하나도 없는 것을 알아차렸다.

바로 그때, 내가 절대 잊을 수 없는 어마어마한 소란이 들려왔다.

「아이들이 돌아왔나 보다.」 할머니가 말했다.

그때 할머니가 날 두고 가버린 것은 배신이었을까? 할머니가 홀연히 사라지는 바람에, 나는 법적으로는 내 삼촌과 고모 들이지만 실제로는 야만스럽기 짝이 없는 무리로 밝혀진 그 아이들을 나 혼자 맞닥뜨려야 했다.

큰 아이들이 돌풍처럼 몰려와 공동 침실을 점령했다. 도대체 몇 명인지, 그들의 수가 엄청 많게 느껴졌다. 그만큼 그들은 시끄러웠고 부산스러웠다. 마치 방문객의 혼을 빼놓으려고 작정이라도 한 것처럼. 겉늙고, 야위고, 거칠고, 누더기를 걸친 노통브 집안의 아이들은 나를 보고는 사냥개들이 사냥감을 덮치듯 달려들었다.

여자애인지 남자애인지 구별이 안 되는 그 야생의 아이들은 나를 붙잡고 소리를 질러 댔다.

「이거, 세일러복을 입고 있네. 살도 포동포동하게 쪘어!」

날 잡아먹으려는 것일까? 나는 반사적으로 생존 본

능을 발휘했다.

「내 가방에는 먹을 게 잔뜩 있어.」내가 말했다.

아이들은 날 바닥에 내팽개치고는 가방으로 몰려들어 순식간에 탈탈 털어 버렸다.

대장으로 보이는 열 살가량의 남자아이가 전리품을 모았다.

「버터비스킷, 코코아, 코트도르초콜릿바. 너 보따리장수야, 뭐야?」

「시몽, 어서 나눠 줘. 배고프단 말이야!」한 여자애가 소리쳤다.

시몽이 자신에게 밉보인 아이들은 고통으로 신음하게 놔둔 채 마음에 드는 아이들의 순서에 따라 먹을 것을 던져 주는 잔인한 장면이 이어졌다. 그는 가장 맛있는 것들을 독차지하고는 나머지 아이들에게 먹어도 좋다고 허락했다.

마치 사냥개들에게 사냥한 고기를 나눠 주는 것 같았다. 아무것도 받지 못한 아이들이 두둑하게 받은 아이들에게 다가가 구걸했지만, 그들 역시 시몽 못지않은 인색한 행태를 보였다.

가방에서 나온 것을 모조리 먹어 치운 다음에야 대장이 나에게 말을 건넸다.

「네가 파트리크지? 넌 내 조카니까 앞으로 날 떠받들어야 해.」

「말 놓아도 돼?」

「그렇게 우스꽝스러운 질문을 자꾸 하면 한 방 먹여줄 테니 조심해.」

나는 입을 다물었다.

시간이 지나자, 나는 그토록 많아 보였던 아이들이 다섯 명에 불과하다는 사실을 깨달았다. 그런데 왜 그들의 수가 엄청나게 많다는 인상을 받았을까? 잠시도 가만히 있지 못하는 그들의 태도, 누군가를 끊임없이 괴롭혀 대는 그들의 재능에서 기인했을까?

나를 맞아 준 부드러운 부인과 우아한 신사에게서 어떻게 그 다섯 명의 악당이 태어날 수 있었을까?

그들은 여전히 배가 고픈지 내 가방에 든 옷들을 뒤지기 시작했다. 호주머니에 과자를 감춰 두지 않았는지 보려고 말이다. 그들이 옷을 하나씩 끄집어내며 토를

달았다.

「레이스 목깃이 달린 흰 비단 셔츠네! 난 여자인데도 이런 거 입어 본 적이 없는데.」

「너 가져.」

「웃기고 있네. 내가 열세 살인데, 이게 나한테 맞을 것 같아?」

열세 살이라고? 믿을 수가 없었다. 내 관점에서 그 나이를 먹은 사람은 거의 어른이어야 했다. 그런데 비쩍 마른 그 여자아이는 아직 어린 시절을 벗어나지 못한 것처럼 보였다.

시몽이 말을 이었다.

「처음에는 저 옷들을 다 찢어 버리려고 했는데, 그러면 오히려 널 도와주는 셈이 될 거야. 네가 저 옷들을 그대로 입게 하고 그 꼴을 구경하는 게 더 재미있을 것 같아.」

그때 종소리가 울려 퍼졌다.

「식사 시간이다!」아이들이 날 팽개치고 층계를 향해 달려가며 소리쳤다.

나는 아이들을 따라 식당으로 내려가기 위해 냉정을 되찾아야 했다. 최소한 내가 말할 수 있는 건 그 집안사람들이 내가 내려오기를 기다리지 않았다는 사실이다.

성의 주인과 여주인이 긴 식탁 끝에 앉아 있고, 다른 형제들과는 다른 영역에 속하는 열여덟 살 먹은 딸과 열여섯 살 먹은 아들이 그 양쪽 자리를 차지하고 있었다. 다른 아이들은 빵조차 놓여 있지 않은 식탁의 나머지 절반을 차지했다. 내 자리는 아닐지라도 적어도 내 위치가 거기인 것은 자명했다.

할아버지는 고기 요리를 집어 고기를 던 다음, 접시를 할머니에게 건넸다. 할머니는 음식을 푸짐하게 던

할아버지와는 달리 쥐꼬리만큼 덜고는 접시를 딸에게
넘겼다. 다른 음식도 배분은 이런 식으로 진행되었다.

나는 나와 거의 쌍둥이라 할 수 있는 샤를 옆에 앉아
있었다. 샤를은 목을 쑥 내밀고 접시들을 바라보며 작은
목소리로 계산에 몰두했다. 「장이 음식을 덜 거고, 그다
음은 뤼시, 그다음은 시몽 차례가 될 거야. 고기는 안 남
을 것 같고, 어쩌면 감자는 좀 먹을 수 있을지도⋯⋯.」

노통브 집안에서 장자의 권리는 배분되는 음식의 양
으로 나타났다. 연장자일수록 배를 채울 수 있는 희망
이 커졌다. 접시들이 샤를과 나에게 도달했을 때, 그것
들은 거의 비어 있었다.

우리와 비슷한 양으로 접시를 채운 시몽이 식탁의 성
인 영역에 놓여 있던 빵 바구니를 슬쩍하는 데 성공했
다. 우리 역시 운 좋게도 한 조각씩 집을 수 있었다.

나는 같은 처지의 샤를에게 형제들의 이름을 물었다.

「어른의 식탁에는 우선 아버지, 어머니가 계시고, 큰
누나는 마리 클레르, 큰형은 장이야. 그다음에 우리가
있지. 뤼시, 시몽, 콜레트, 도나트, 그리고 나.」

「빠진 형제들도 있네?」 내가 계산을 해보고 물었다.

「그래, 어른이 된 형제들. 폴, 도미니크, 자클린은 따로 살아.」

「왜 어른들만 먹어?」

「원래 그래. 너도 열여섯 살이 되면 잘 먹을 수 있어.」

「그럼 너와 나는 거의 10년을 기다려야 되잖아.」

「한참 멀었지. 그래도 넌 여름휴가 동안만 여기 있잖아. 넌 살아남을 거야.」

나는 이처럼 특별한 생활 환경을 견뎌 내는 아이들에게 감탄을 금할 수 없었다. 내가 좀 더 나이가 들었다면 이처럼 터무니없는 집안 규칙에 대해 들고일어날 생각을 했을 것이다. 여섯 살이었던 나에게는 오로지 적응해야 한다는 강박적인 생각밖에 없었다.

나는 운 좋게 손에 넣은 빵 조각을 갉아 먹으며 할아버지를 관찰했다. 그는 우아한 정장을 차려입고 자신에게 매료된 부인과 장성한 자식들에게 아주 정중하게 말을 건넸다. 그는 극단적인 다윈주의 외에는 어떠한 교육도 받지 못하고 누더기를 걸친 채 식탁 반대편에 앉아 있는 비쩍 마른 아이들은 아예 안중에도 없는 것 같았다.

요리사가 설탕에 절인 대황을 후식으로 내왔다. 대황

절임은 서열에 따라 분배되었고, 냄비는 완전히 비워지지 않은 채 샤를과 내 앞에 도착했다. 내 몫을 맛있게 음미하고 있을 때, 할아버지가 자리에서 일어섰다.

「내가 영원히 남겨질 말을 하겠다.」

나는 그 정도로 거창한 목소리를 들어 본 적이 없었다. 모두가 체념한 표정으로 숟가락을 내려놓았다.

엄숙한 선언을 맞이하는 데 필요한 침묵이 찾아든 후에야 할아버지가 입을 열었다.

「대황은 영혼의 청량제로다.」

할아버지는 자신의 말이 청중에게 미친 영향을 살펴보고는 다시 앉았다. 그러고는 손짓으로 다시 먹고 말을 해도 좋다는 신호를 했다.

「뭐라고 하신 거야?」 내가 샤를에게 물었다.

「대황이 영혼을 시원하게 해준다고.」

「그건 나도 들었어. 그런데 어디서 나온 말이야?」

「아버지한테서. 그는 막 지었고, 그래서 함께 나누는 거지. 그게 시라는 거야.」

「시? 시에는 운(韻)이 있잖아, 아냐?」

「꼭 그렇진 않아.」

접시들이 바닥을 드러내자, 피에르 노통브는 그 어느 때보다 위풍당당한 모습으로 자리에서 일어나서 성인들을 살롱으로 데려갔다. 아이들은 우르르 바깥으로 뛰쳐나갔고, 나도 그들을 따라갔다. 날이 대낮처럼 밝아서 시몽은 들판에서 축구를 하자고 했다.

「원래 축구를 하려면 열한 명씩 두 팀이 필요한데, 우린 여섯 명밖에 안 돼. 하지만 전혀 문제없어. 파트리크가 골키퍼를 맡고, 우리 모두 그를 상대로 경기를 하면 되니까.」

시몽이 통나무 두 개를 3미터 간격을 두고 바닥에 세웠다.

「자, 이게 골대야. 파트리크, 너는 공이 이 안으로 들어가지 못하게 막아야 해.」

나는 두근거리는 가슴을 안고 골대 앞에 가서 섰다. 다섯 아이가 골대를 향해 공을 마구 차댔다. 나는 어디에 자리를 잡아야 할지 알지 못했고, 내 관할인 공간을 지키기 위해 끊임없이 움직여야만 했다.

첫 골은 게임이 시작된 지 2분 만에 콜레트가 넣었다.

「저렇게 쉽게 골을 먹다니. 그것도 여자애한테!」 시

몽이 빈정거렸다.

「내가 축구를 처음 해봐서 그래.」 내가 변명 삼아 대답했다.

「네가 축구 처음 해보는 건 훤히 보여. 훌륭한 골키퍼는 몸으로 방벽을 치기 위해 바닥에 몸을 날려. 그런데 넌 장난꾸러기 요정처럼 골대 앞에서 폴짝폴짝 뛰어다니기만 하잖아.」

자존심이 상한 나는 땅바닥에 몸을 날리며 경기의 나머지 시간을 보냈다. 하지만 직관력이 거의 없는 나는 늘 반대쪽을 선택했고, 무려 서른 골을 먹었다.

「넌 정말 형편없구나.」 시몽이 결론지었다.

날이 저물자, 할머니가 와서는 그만 자러 들어오라고 명령했다. 그녀가 내 꼴을 보고는 비명을 내질렀다.

「파트리크, 네 예쁜 세일러복이 왜 그 모양이니?」

나도 그제야 내 행색을 살펴보았다. 옷에 얼룩이 잔뜩 묻어 원래 색깔을 알아볼 수 없는 지경이었다.

「괜찮아요.」 내가 씩씩하게 말했다.

나는 실제로 그렇게 생각했다. 신나게 뛰어논 그 경험이 너무나 좋았기 때문이었다.

공동 침실로 올라온 아이들은 모두 옷을 벗었다. 그들이 얼마나 비쩍 말랐는지 내가 거의 포동포동해 보였다. 다른 아이들이 뭐라 묘사할 수 없는 구멍 뚫린 누더기를 걸치는 동안, 나는 푸른색 면플란넬로 된 잠옷을 입었다. 침대는 입이 쩍 벌어질 정도로 불편해 보였다.

아이들은 등을 대자마자 코를 골았다. 나는 오랫동안 잠들지 못하고 이리저리 뒤척였다. 생쥐들이 벽을 타고 내달리는 소리가 들려왔다. 귀신들이 불법 침입을 시도하기라도 하는 것처럼 지붕에서 삐거덕거리는 소리가 났다. 그것이 불러일으키는 공포를 어떻게 극복할 수 있을까?

외할아버지는 자주 나에게 말하곤 했다. 「넌 단련이 되어야 해.」 나는 그 말이 무엇을 의미하는지 이해하기 시작했다. 나는 내 영혼만큼이나 여린 몸을 갖고 있었다. 앞으로 두 달 동안 살아남으려면, 나는 내 갑옷의 물러 터진 구성을 완전히 바꿔 놓아야 할 터였다.

그런데 그러려면 어떻게 해야 하지? 당장 어떻게 이 어둠의 공포에 맞서 싸워야 하지? 〈뭔가 호감 가는 것에 몰두해.〉 나는 생각했다.

바로 그때, 아주 가까운 숲에서 올빼미 한 마리가 울어 댔다. 나는 그런 소리를 들어 본 적이 없었다. 그 울음소리는 내 가슴을 찢어 놓았다. 만일 그곳에 도착한 이후로 느낀 것을 표현해야 한다면, 황홀감과 구조 요청을 섞어 외치는, 너무나 순수한 그 울음소리를 택했을 것이다. 나 역시 구분하기가 불가능한 똑같은 감정들을 느꼈으니까. 그랬다. 나는 그곳에 있어서 무척 신이 났지만 또한 그로 인해 더없이 절망스러웠다.

그 올빼미는 내 심정을 이해했다. 나는 혼자가 아니었다. 그 확신은 나를 구원했다. 나는 이윽고 잠 속으로 빠져들었다.

도시에서 자란 어린 소년에게 아침이 되어 여러 소리가 들리는 숲 한가운데에서 깨어나는 것은 흥분되는 일이다. 다른 아이들이 모두 일어나 이미 식당에 내려갔다는 것을 깨닫기까지는 시간이 좀 걸렸다. 혼자 있는 게 그리 싫지 않았던 나는 천천히 옷을 입고 식당으로 내려갔다.

　전날 저녁 식탁에 요리를 내왔던 험상궂은 아주머니 요리사가 나를 맞아 주었다. 범죄자가 자신의 범죄 사실을 잡아떼는 것처럼, 그녀는 집요하게 이렇게 반복했다.

　「우유도 없고, 빵도 없어. 아무것도 안 남았어. 다른 아이들이 모조리 먹어 치웠어.」

　그녀는 내가 거기 있는 걸 용납할 수 없는 것 같았다.
바깥으로 나오자 눈부신 날씨가 날 기다리고 있었다.
퐁두아의 아침 공기에서는 넘치는 생명력으로 어쩔 줄
모르는 돌과 나무의 냄새가 났다. 나는 날 괴롭혀 대는
아이들이 없는 틈을 타 그토록 큰 즐거움을 누릴 수 있
어서 너무나 행복할 뿐이었다.

나는 성곽을 벗어나 아래쪽에 있는 소작지까지 걸어
갔다. 텃밭에서 할머니가 땅바닥에 무릎을 꿇고 앉아
무엇인지 알 수 없는 채소를 수확하는 게 보였다. 그 모
습을 들키자, 크게 당황한 할머니가 나를 불렀다.

　「내가 대황 따고 있는 걸 봤다는 거, 아무한테도 말하
지 않을 거지, 그렇지?」

　「그게 대황이에요?」

　「그래, 내가 심었단다. 이 식물이 아주 쉽게 자라고
작황도 좋다는 걸 발견했거든. 어제저녁에 너도 들었겠
지만, 네 할아버지가 대황절임을 무척 좋아하셔. 할아
버지는 요리사가 당신이 주는 돈으로는 삼시 세끼를 준

비하기가 빠듯하다는 걸 모르고 계신단다. 한 끼 한 끼 차려 내는 게 전쟁이지.」

「할아버지는 가난하세요?」

「그걸 알기는 어려워. 그 자신도 모르니까. 네 할아버지는 온전히 현실 속에서 살지 않아. 시인이거든. 시를 써서는 돈을 못 벌어. 네 할아버지는 변호사이기도 해.」

할머니는 〈변호사〉라는 말이 뭘 의미하는지 나에게 설명했다.

「불행하게도 네 할아버지는 변호사로서도 돈을 거의 못 번단다. 돈이 되는 사건을 고르는 재능이 없거든. 네 할아버지가 가장 최근에 변호한 사람은 레옹틴이었어.」

「레옹틴이 누군데요?」

「우리 요리사. 남편을 독살한 혐의로 기소됐지. 재판은 2년 전에 아를롱의 중죄 재판소에서 열렸어. 온 나라가 떠들썩했단다. 레옹틴에게 불리한 증거들이 여럿 나왔지. 네 할아버지는 그녀의 변호를 맡았어. 변론은 큰 반향을 일으킨 논거로 마무리됐지. 〈친애하는 배심원 여러분, 저는 이 여인의 결백을 굳게 믿기에 여러분이 그녀를 사면해 준다면 제 명예를 걸고 그녀를 우리 집안의 요리사로 고용할 것을 맹세합니다.〉 그렇게 해서 결국 할아버지가 이겼단다. 하지만 이 놀라운 재판에서 네 할아버지는 한 푼도 벌지 못했어. 우리는 불행하게도 재료가 없어서 음식을 만들지 못하는 요리사를 두게 됐고.」

말을 하면서 대황을 수확하느라 힘이 들었는지 할머니가 이마에 맺힌 땀을 닦으며 일어섰다.

「감자도 심어 보려고 했는데, 그건 훨씬 까다롭더구나. 나는 농사에는 재능이 없는 것 같아. 15년 전에 네 할아버지와 결혼했을 때 난 내가 이런 상황에 직면하게 되리라고는 짐작도 못 했단다.」

「왜 할아버지와 결혼하셨어요?」 나는 묻지 않을 수 없었다.

「대답하기 곤란한 질문이구나! 네 할아버지가 탁월한 시인이시잖니. 사람들에게 아주 정중하게 말씀하시고, 얘기를 아주 잘 들어 주시지.」

「맞아요, 저도 그렇게 느꼈어요.」

할머니가 빙긋이 웃으며 말했다.

「너처럼 어린 꼬마에게도 그러신다면, 젊은 처녀에게

는 어떠셨을지 상상해 보렴.」

나를 붙들고 이런 말을 하는 것을 보면, 할머니가 속
내를 털어놓을 대상이 없어서 많이 답답하셨던 모양이
었다. 할머니는 내가 아무것도 이해하지 못한다고 생각
하며 안심한 듯 말을 이었다.

「정말 훌륭한 분이시란다. 여자들은 이슬을 먹고 사
는 공주들이고, 아이들은 엄지 동자의 형제들인 일종의
동화 속에서 살고 계시지.」

대황 줄기가 가득한 자루 두 개를 든 할머니는 내 도
움을 거절하고는 성까지 비틀거리며 걸어갔다. 레옹틴
이 안도의 한숨을 내쉬며 그 수확물을 건네받았다.

「이제 난 가서 씻고 옷 좀 갈아입어야겠다.」 할머니가
발길을 돌리며 말했다.

나는 정원에서 열여섯 살이 되어 막 성인의 식탁에
받아들여진 장을 만났다. 그가 고개를 까닥여 나에게
인사를 했다.

「여기서 지내는 게 너한테는 무척 힘들지?」

「아니.」 나는 당당하게 대답했다.

「너한테 심술궂게 구는 아이들을 미워해선 안 돼. 퐁두아에서 성장하는 게 얼마나 힘든 일인지 네가 안다면!」

그가 손에 쥐고 있는 책의 겉표지를 내가 힐끔거리자, 그는 그것을 나에게 보여 주었다.

「피에르 노통브의 『저녁 나무』.」 내가 소리 내어 읽었다.

「아빠의 시집이야.」

나는 시집을 펼쳤다. 그 안에는 운을 맞춘 긴 문장들이 들어 있었다. 그 글들은 유치원과 집에서 손을 거쳐 간 책들에서 내가 본 것과 일치했다. 두 살 때부터 글을 읽을 줄 알기는 했지만, 무언가가 나로 하여금 그런 글들 속으로 들어가는 것을 막았다.

「이것들에 대해 어떻게 생각하니?」 장이 나에게 물었다.

나는 눈을 휘둥그레 떴다. 시에 대해 어떻게 생각하느냐고? 내가 언제부터 시에 대해 뭔가를(그것이 무엇이든) 생각해야 했을까? 나는 되는대로 의견을 밝혔다.

「이것들은 시네.」

「그래서? 좋아, 안 좋아?」

그 질문이 날 깜짝 놀라게 했다. 나는 시에 대해 찬동을 하거나 그러지 않을 수 있다는 것을 상상조차 해본 적이 없었다. 시는 나쁜 날씨나 공휴일, 혹은 납 병사 인형들처럼 그저 존재하는 것이었다. 그것은 우리가 구성해야 하는 실체에 가까웠다. 그래서 나는 대답하지 않았다. 장이 말했다.

「이건 형편없어.」

　나는 기분이 좋지 않았다. 장과 나는 나를 넘어서는, 날 불안하게 만드는 말들 속에서 모험을 벌이고 있었다. 장이 시집을 도로 앗아가더니 시 한 편을 큰 소리로 낭송했다. 과장된 어조가 시 낭송에 적합한 듯 보였지만, 나는 그가 그런 방식으로 자신이 읽는 것을 조롱하려 한다는 것을 알아차리지 못했다.

「어때? 이게 왜 형편없는지 알겠어?」

　나는 그에게 너그러움을 불어넣을 요량으로 대답했다.

「난 고작 여섯 살인걸.」

「똑똑하지 못하군. 내가 일부러 과장되게 읽었는데도 모르다니. 듣기만 해도 이게 기괴하다는 걸 알아야 하는데.」

「이건 시잖아.」 내가 다시 말했다.

「시라는 게 꼭 과장될 필요는 없다는 걸 생각해 봐. 초현실주의라고 들어봤니?」

「난 고작 여섯 살이야.」 나는 다시 대답했다.

「앞으로 듣게 될 거야. 내가 한 가지만 말해 주지. 아빠의 시는 쓰레기야. 이제 시를 싸구려처럼 거창하게 쓰는 사람은 그밖에 없어. 이따위 시를 높이 평가하는 건 아빠랑 어울리는 그 멍청이들뿐이라니까. 네가 초현실주의자들에게 아빠 얘길 하면 그들은 실소를 터뜨릴 거야.」

장의 험담이 날 불편하게 했다. 그래서 나는 그에게 내 아버지를 본 적이 있느냐고 느닷없이 물어보았다.

「물론이지. 네 아빠가 죽었을 때 난 열한 살이었어.」

「그는 어땠어?」

「큰형님이었지. 진지하고 엄한. 아버지를 존경했어. 그는 환상이 전혀 없었어. 나랑은 무척 달랐지.」

「삼촌한테 잘해 줬어?」

「나한테는 거의 말도 안 붙였어. 아버지는 그를 무척 아꼈어. 훌륭한 아들이었으니까. 아버지의 권위를 문제 삼지 않고 늘 복종했거든.」

나는 장이 내 아버지를 전혀 좋아하지 않는다고 느꼈고, 그래서 슬펐다. 장이 다시 할아버지 험담을 늘어놓기 시작했다. 나는 그가 또다시 내 아버지에 대해 안 좋은 말을 할까 봐 그의 말을 끊지 않았다.

「아버지가 쓰레기 시를 쓰는 것으로 만족한다면, 난 그냥 그러려니 할 거야. 포이엠[11]을 끄적거리는 것으로 충분하다면(그래, 포엠이 형편없으면 난 그걸 포이엠이라고 불러), 나도 이렇게 화를 내진 않을 거야. 그런데 그는 이미 나에게 더없이 소중한 사람 셋을 죽였어.」

내 얼굴이 창백하게 질렸다. 장은 자신이 나에게 고통을 주고 있다는 것을 분명히 알고 있었다.

「그는 내 어머니와 누나 둘을 살해했어.」

나는 항의하고 싶었지만, 입이 떨어지질 않았다.

「너한테는 그들이 결핵으로 죽었다고 말했겠지, 안 그래? 그런데 결핵이란 게 뭐야? 그건 가난한 사람들이나 걸리는 질병이야. 그 인간에게 가족을 번듯하게 부양할 능력이 있었다면, 엄마, 마리자벨, 루이즈는 완쾌

---

11 poïeme. 프랑스어로 시는 포엠poème이다. 장은 아버지의 시를 포이엠이라고 거창하게 발음해 희화하고 있다.

되었을 거야. 그런데 천만에, 고명하신 시인께서는 아무도 사서 읽지 않는 시나 쓰고 앉아 있었어.」

「레옹틴은 구했잖아.」내가 겨우 웅얼거렸다.

「그건 맞아. 하지만 넌 그가 궁지에 몰린 약한 여성을 보호하기 위해 그랬다고 생각하니? 천만에! 그는 허영심 때문에 그 사건을 맡았어. 그는 기자들이 그 사건에 대해 떠들어 댈 거라는 걸 알고 있었어. 변호를 맡는다고 해도 땡전 한 푼 돌아오지 않을 거라는 것도. 아마 너는 돈에 무관심한 게 좋은 거라고 생각하겠지?」

나는 그런 생각 따윈 전혀 하지 않고 있었다. 단지 불안에 떨고 있을 뿐이었다.

「그런데 그는 돈에 무관심한 게 전혀 아냐. 엄마의 돈을 보고 결혼했으니까. 엄마가 죽자, 똑같은 이유로 새엄마와 결혼했고.」

「할머니는 할아버지를 사랑하셔.」내가 반박했다.

「새엄마는 성녀야. 현실을 있는 그대로 못 보지.」

나는 아직 한 번도 증오와 마주친 적이 없었다. 그런데 증오를 눈앞에서 지켜볼 기회가 주어지자, 나는 그 어떤 값비싼 대가를 치르더라도 다른 곳에 있고 싶어졌다. 장의 나이 때는 아버지를 경멸하는 것이 당연한 일이라는 것을 모르고 있었다.

「그가 식탁에서 어떻게 구는지 너도 봤지? 새엄마에 대해서 아주 상스러운 짓인데도 자기 몫을 먼저 덜 뿐만 아니라, 한창 자라는 아동과 청소년이 열 명도 넘게 식탁에 앉아 있는데도 모른 척해. 늙어서 많이 먹을 필요도 없는 인간이 음식의 절반을 싹쓸이해 간다고.」

「현실 감각이 없어서 그러셔.」

「그런 척하는 데 재능이 뛰어난 거지.」

「삼촌은 할아버지를 증오하고 있어.」 진단을 내리기보다는 어휘를 명확하게 하려고 내가 말했다.

「아버지에 대한 내 감정을 함부로 판단하지 마.」

「미안. 난 그냥 삼촌 말을 듣고 있었어.」

「그럼 계속 들어. 그건 그렇게 간단한 게 아니야. 그에게 좋은 자질들이 있다는 건 나도 알아. 하지만 그래서 그가 더 미워. 바로 그 좋은 자질들이 가중 사유가 되니까. 그는 아주 명민해서 자신이 무엇을 하는지 알고 있어. 나는 나이가 들수록 폴 형을 점점 더 잘 이해하게 돼.」

「내 아버지 바로 다음에 태어난 삼촌?」

「그래. 공산주의자가 됐지.」

「공산주의가 뭐야?」

「설명하기 복잡해. 그냥 우리 아버지와는 정반대되는 걸 의미한다고만 알아 둬. 폴 형은 스페인 내전에 참전했고, 지금은 파리에서 레지스탕스 운동을 하고 있어.」

「레지스탕스 운동은 뭐 하는 건데?」

「독일군과 숨바꼭질하는 거야. 2년 전부터 소식이 끊겼어. 아마 죽었을 거야.」

「우리 집안에는 젊어서 죽는 사람이 많네.」

아이들이 호수 건너편에서 모습을 드러냈다.

「난 쟤들한테 갈래.」 내가 말했다.

「도나트한테 잘해 줘. 불쌍한 아이니까.」

「도나트가 왜 불쌍해?」

「그 애가 비정상인 거, 눈치 못 챘어? 진작 시설에 들어갔어야 했는데, 아버지한테 돈이 없어서 우리와 함께 지내는 거야.」

나는 장의 폭로에 아연실색한 채 아이들과 합류했다. 아니, 나는 도나트가 비정상이라고 생각해 본 적이 없었다. 나에게는 이곳 사람들 모두가 비정상으로 보였으니까. 아이들이 숲에서 말썽을 부리고 다니는 동안, 나는 도나트를 관찰했다. 여덟 살 정도 되어 보이는 도나트는 끊임없이 웃으며 아이들을 졸졸 쫓아다녔다. 도나트가 절대 입을 다무는 법이 없고, 그녀가 사용하는 어휘가 〈그래, 그래, 그래〉로 한정된다는 것을 감지할 때까지 꽤 오랜 시간이 걸렸다. 사실, 그녀의 장애는 퐁두아 아이들의 생활 방식에 적응하는 탁월한 방법에 속했다. 그녀는 늘 만족했고, 받아들이기 위해서만 말을 했다.

다른 아이들은 도나트에게 어떠한 특별 대우도 해주지 않았다. 그들은 어린 누이에게 문제가 있다는 걸 까맣게 잊은 듯 보였다. 도나트는 시도 때도 없이 기쁨의 탄성을 내질렀다. 그 과장된 열의가 내 마음을 아프게 했다.

나는 내 태도를 도나트의 행동에 맞추는 법을 배워 나갔다. 첫날처럼 끊임없이 두려워하는 대신, 비정상적인 도나트처럼 늘 즐거워하기로 마음먹었다. 그래도 다른 아이들은 아무것도 눈치채지 못했다. 절대 징징거리지 않고, 나무에 기어오르거나 호수에 뛰어들기 위해 언제든 숲으로 달려갈 준비가 되어 있고, 야만적인 축구 경기에서 골키퍼를 자처하고, 식탁에서 빵 한 조각을 두고 다투는 것, 그것은 그 무리의 일상이자 평소 습성이었다.

우리는 어른들의 생활과 섞이지 않고 평행선을 이루는 생활을 영위했다. 할머니를 제외하고, 어른 중에 우리에게 신경을 쓰는 이는 아무도 없었다. 어느 날 저녁,

도나트가 식당에 내려오지 않았다. 그 사실을 알아챈 사람은 나밖에 없었다. 도나트를 무척 좋아했기에 나는 빵 조각 하나를 슬쩍 주머니에 챙겼다. 나처럼 굶주린 사람에게 그것은 최고의 애정 표시였다. 이후 나는 도나트를 찾아갔다. 그녀는 침대에 누워 「라 브라방손」[12]의 가사를 모조리 〈예, 예, 예〉로 바꿔 부르고 있었다. 나는 그처럼 긍정적인 버전의 벨기에 국가를 한 번도 들어 본 적이 없었다.

도나트는 자기 노래에 취해 식사 시간을 알리는 종소리에 주의를 기울이지 않았던 것이다. 그녀는 내가 내민 빵 조각을 덥석 집어서는 게걸스럽게 먹어 치웠다. 그러고는 나를 꼭 껴안고 감사의 표시로 내 얼굴에 온통 침을 발라 놓았다. 약간 모자란 이 여자애가 내 고모라니!

매일 저녁, 우리는 부실하기 짝이 없는 저녁 식사를 마치고 모두 대황절임을 후식으로 받아 들었다. 할머니의 노고 덕분이었다. 어떤 날에는 빵이 부족해 대황이 나의 유일한 양식이 되기도 했다. 내가 알기로, 퐁두아

12 La Brabançonne. 벨기에의 국가.

의 아이들, 그리고 전시(戰時)의 여름날을 제외하고, 인류의 역사에서 대황이 유일한 먹거리였던 예는 존재하지 않는다. 이 시절 이후로 나는 섬유질이 풍부하고 정감이 가는 이 식물에 대해 각별한 애정을 간직하고 있다.

여름 방학이 끝나 가고 있었다. 나는 살아남은 것이 자랑스러웠다. 샤를도 그것을 알아차렸는지 나에게 이렇게 말했다.

「넌 퐁두아에서 여름 한 철밖에 보내지 않았어. 넌 아직 아무것도 못 본 거야.」

「왜?」

「이곳은 겨울이 훨씬 힘들어. 그리고 오래 가지.」

호기심이 발동한 내가 대답했다.

「크리스마스 방학 때도 올 거야.」

「멍청하기는! 그냥 브뤼셀의 아파트에서 따뜻하게 지내!」

「난 퐁두아가 너무 좋아. 눈 덮인 모습을 보고 싶어.」

그것은 내 진심이었다. 그곳에 사는 사람들과는 별개로, 그 성과 숲에 대해 진정한 애정을 품고 있었다. 게다가 그 야생적인 아이들 무리의 일원이 되는 것이 너무나 좋았다.

마지막 저녁 식사 때 할아버지가 나에게 물었다.

「파트리크, 곧 이곳을 떠난다면서?」

「예. 할비가 내일 데리러 오실 거래요.」

「널 관찰해 봤는데, 너는 아주 똑똑한 아이란다. 여기 사람들도 다들 널 좋아하고. 우리는 네가 다시 오기를 바란다.」

아이들의 야유가 터져 나왔지만, 나는 뿌듯한 마음에 낯을 붉혔다. 피에르 노통브에게는 사람을 끄는 독특한 재능이 있었다. 그는 누구에게든 그가 마치 자기 인생에서 가장 중요한 사람이라도 되는 것처럼 말을 건넸다. 그가 불러일으키는 존경심은 거기서 오는 것이었다.

외할아버지는 정시에 도착했다. 그는 구멍 나고 더러워진 세일러복에 대해서도, 앙상해진 내 몰골에 대해서도 아무 언급을 하지 않았다. 위르스마르가 우리를 역까지 데려다주었다.

브뤼셀로 향하는 기차 안에서 나는 퐁두아에서 보낸

75

여름이 왜 그토록 좋았는지 할아버지에게 설명하려고 애썼다. 장군은 내 얘기를 듣는 둥 마는 둥 했다. 그는 만족한 표정이었고, 고위급 장교의 무심함으로 내 수다를 받아 주었다.

아파트에 도착하니, 외할머니가 날 기다리고 있었다. 할머니는 내 꼴을 보고는 경악의 비명을 내질렀다.

「얘야, 그들이 너에게 무슨 짓을 한 거니?」

할머니가 다가와서 날 안아 주었다.

「성냥개비처럼 비쩍 말랐구나! 옷차림도 거지 같고!」

고백하건대, 나는 할머니의 이런 반응이 무척 재미있어서 부추기기까지 했다.

「먹을 게 많이 없었어요.」 내가 영웅적인 표정을 지으며 말했다.

「끔찍해라! 배가 고파 죽을 지경이겠구나.」

「물론이죠…….」

「금방 저녁을 차려 주마. 우선, 땟국물부터 씻어 내야겠다.」

할머니는 내 옷을 벗겼고, 뼈만 남은 내 몸을 발견했다. 그녀는 눈물을 흘렸다.

「어린아이를 제대로 먹이지도 않다니, 야만인들!」

나는 욕조에 몸을 담갔고, 욕조를 가득 채운 물은 금방 갈색으로 변했다.

「거기서 씻기는 했니?」

「가끔요…….」

사실, 호수에서 수영만 했지 제대로 씻은 적은 없었다.

「엄마는 어디 계세요?」

「오늘 저녁에 우리랑 같이 식사하기로 했다. 가엾은 클로드, 그 애가 이 꼴을 하고 있는 너를 본다면!」

할머니는 내 몸에 꼼꼼하게 비누칠하고 문질러 때를 벗긴 다음 뽀송뽀송한 새 옷을 입혀 주었다.

「그 야만인들이 도대체 네 옷에 무슨 짓을 한 거니?」 할머니가 물었다.

「제가 나무에 기어오르다 이렇게 됐어요.」 퐁두아 아이들을 변호하기 위해 지어낸 말을 했다.

외할머니의 예상과는 반대로 어머니는 나를 보고도 크게 호들갑을 떨지는 않았다.

「애가 얼마나 말랐는지 봤니?」 할머니가 물었다.

「보기 좋은데요, 뭐. 네가 비쩍 마르니 마침내 네 아빠를 닮았구나.」

나는 너무나 배가 고파 접시에 든 요리들 말고 다른 것을 쳐다볼 겨를이 없었다. 할머니는 음식이 산더미처럼 쌓인 접시를 나에게 건넸고, 나는 즉시 달려들었다.

「이런, 패디. 식탁 예절은 다 잊었니?」 어머니가 꾸짖었다.

「두 번 다시 이 아이를 그 야만인들에게 보내지 않을 거야!」 할머니가 말했다.

「전 퐁두아에 또 가고 싶어요! 얼마나 재미있었는데요!」

「넌 얻어맞는 게 즐겁니?」 할머니가 말했다.

「또 가게 될 게다.」 할아버지가 말했다.

장군은 분명히 내가 노통브 집안에서 받은 핍박을 찬성하고 있었다. 〈이제 곧 입학인데, 마침내 좀 단련이 되었군.〉 그는 이렇게 생각했다.

할아버지의 생각은 틀리지 않았다. 초등학교 입학 날, 나는 낯선 환경에 주눅 들지 않은 몇 안 되는 아이 중 하나였다. 우리 반에는 여학생은 열다섯 명이었지만 남학생은 고작 다섯 명뿐이었다. 여자애들은 전혀 위험할게 없었다. 머리카락이 예쁘다고 칭찬해 주기만 하면 만사형통이었다. 남자애들 앞에서는 입을 굳게 다물고 먼 곳을 응시하며 거친 사내를 연기했다. 나는 폭발 사고로 사망한 군인의 아들, 장군의 손자가 아니던가!

「나는 결핵에 걸렸어.」 자크가 관심을 끌기 위해 말했다.

「내 주변에도 결핵으로 죽은 사람이 셋이나 있어.」 내가 위로한답시고 말했다.

「나 숙제하는 것 좀 도와줄래?」

나는 이미 오래전부터 글을 읽고 쓸 줄 알았기에 학우들의 학업을 도와주는 든든한 버팀목이 되었다. 체육 시간이 되면 나는 혼자 땅바닥에 몸을 던지며 상상의 골을 막아 내는 연습을 했다.

왜 그러고 있느냐는 질문을 받으면 나는 축구부에 들어가 골키퍼가 되고 싶다고 대답했다. 그러면 아이들은 축구는 열 살 이상의 고학년들만 하는 거라고 말했다. 그렇게 오래 기다려야 한다는 생각에 나는 한숨을 내쉬었다.

나는 쉬는 시간을 주로 자크와 보냈다. 그가 학교가 파한 후 자신의 집에 놀러 가지 않겠느냐고 나를 초대했다. 내가 반에서 1등이었기 때문에 자크의 어머니는 마치 지식인을 대하듯 나에게 말을 했다. 아들의 학업에 진전이 있는 게 내 덕이라고 생각한 그녀는 내 손에 초콜릿을 잔뜩 쥐어 주었다.

나는 밤마다 따뜻하고 편안한 침대에 누워 퐁두아의 공동 침실에 있는 내 매트를 떠올리며 향수에 젖어 들었다. 아이들과 함께 누워 올빼미 울음소리에 귀를 기울이면 참 좋았는데! 침대 맞은편 벽에 걸린 초상화 속의 어머니가 실제로는 한 번도 보여 준 적이 없는 부드러운 눈길로 나를 쳐다보고 있었다.

「엄마도 퐁두아를 좋아해요?」내가 물었다.

「그곳이 내가 가장 큰 행복을 맛보았던 장소란다.」초상화 속의 어머니가 대답했다.

「나도 그래요.」

어머니가 웃는다. 비교하기가 불가능한 행복이기는

할 터였다.

　「그곳으로 돌아가고 싶지 않으세요?」

　「전혀. 그곳에 가면 내 마음이 찢어지고 말 거야.」

첫 학기가 나에게는 끝없이 길게 느껴졌다. 크리스마스가 되자, 외할아버지가 나를 불렀다.

「넌 이제 만 여섯 살 반이 됐어. 넌 사내야, 그렇지?」

「네, 할아버지.」

「이번에는 퐁두아까지 혼자 가거라. 기차표는 내가 사놓았고, 위르스마르가 아베라뇌브역에서 널 기다릴 거다.」

할머니가 무슨 소리냐며 자신이 직접 데려다주겠다고 고집을 부렸다. 장군은 꿋꿋하게 버텼다.

「이 아이는 단련이 되어야만 해.」 그는 늘 하던 말을 반복했다.

「그 야만인들 집에서 무려 2주를 보내잖아요! 그걸로 충분하지 않아요?」

「할머니, 내 가방은 내가 직접 들고 갈 수 있어요.」내가 끼어들었다.

할머니가 가방에 꽉꽉 채워 준 어마어마한 양의 초콜릿과 과자를 고려하지 않고 뱉은 말이었다. 나는 노통브 집안 아이들에게 나눠 줄 것이 넉넉하게 생겼다는 생각에 크게 기뻤고, 군소리 없이 가방을 질질 끌고 갔다.

기차를 타고 달린 네 시간이 나에게는 동화 속 환상처럼 느껴졌다. 기차가 아르덴 숲 깊은 곳으로 들어갈수록 쌓인 눈의 두께가 점점 두꺼워졌다. 하얗게 쌓인 눈이 얼마나 무거운지 나뭇가지들이 가방을 든 내 팔처럼 아래로 축축 늘어졌다.

위르스마르는 아주 가뿐하게 내 가방을 들어 옮겼다. 이륜마차는 절대적인 고요 속에서 나머지 몇 킬로미터를 내달렸다. 마침내 눈에 파묻힌 성이 모습을 드러냈다. 그 놀라운 아름다움은 내 예상을 능가했다.

친할머니가 날 마중하러 달려왔다. 그녀는 외투로 온

몸을 꽁꽁 싸맸는데도 오들오들 떨었다. 그녀가 날 안으며 말했다.

「파트리크, 그사이 얼굴이 많이 좋아졌구나! 〈슈투프〉로 가서 몸부터 좀 녹이렴.」

「어딜 간다고요?」

「슈투프. 이 지역 사투리야. 가서 보면 알게 될 거야.」

슈투프는 아르덴 숲에서 겨울 동안 살아남기 위한 생활 방식을 지칭했다. 그것은 동물을 포함해 집 안의 모든 생명체가 한 방에 오글오글 모여 지내는 걸 뜻했다. 퐁두아에서 그 정도로 큰 방은 중앙에 있는 거실뿐이었다. 엄밀하게 말해서, 그것은 슈투프가 아니었다. 말들은 들어오지 못했으니까. 적어도 추위가 사회적 차별을 폐지한 건 사실이었다. 레옹틴과 위르스마르도 노통브 집안사람들과 함께 지냈으니까.

가장인 할아버지가 불가의 가장 좋은 자리를 차지하고 있었다.

「너를 다시 보니 정말 반갑구나, 파트리크! 이리 와서 뽀뽀해 주렴.」

나는 할아버지한테 가기 위해 바글바글 들러붙어 있

는 몸들 사이를 요리조리 빠져나갔다. 할아버지가 내 손을 잡고는 반짝이는 눈으로 날 바라보았다.

「우리가 널 얼마나 보고 싶어 했는지!」

할아버지가 옛 왕들처럼 자신을 〈우리〉라고 칭한다는 사실을 아직 몰랐기 때문에 나는 그가 집안사람들을 대표해서 말한다고 믿었다. 뜨거운 환대에 감격한 나는 아이들의 냉소적인 표정은 보지 못한 채 주변을 돌아가며 키스를 남발했다.

위르스마르가 내 가방을 위층까지 옮겨 주었다. 슈투프로 돌아온 나는 불가로 가까이 가기 위해 노통브 아이들 사이를 파고드느라 큰 애를 먹었다. 모포들 아래 한 덩어리가 된 그 부족은 열기를 발산하는 것 말고는 달리 할 일이 없는 것처럼 보였다.

그날 저녁 식사 시간, 레옹틴이 혀가 델 정도로 뜨거운 게 유일한 장점인 허여멀건 수프를 내왔다. 어른들이 순식간에 4분의 3을 후루룩 삼켜 버리는 바람에 아이들은 양파 조각이 곁들여진 기름진 물맛이 나는, 그마저 점점 식어 가는 국물 몇 입을 나눠 먹어야만 했다.

그것도 아주 빨리 들이켜야 했다. 당황스러울 정도로 빠르게 식어 갔으니까.

「국물은 차라리 안 먹는 게 나아. 그래야 자다가 오줌 누러 일어나지 않아도 되거든.」샤를이 나에게 말했다.

빵 부스러기 하나 남지 않고 모든 음식이 입속으로 사라지자, 식사 종료가 선포되었다.

「대황절임은요?」내가 깜짝 놀라 큰 소리로 말했다.

내 말에 모두가 웃음을 터뜨렸다.

「무슨 소리 하는 거야? 지금은 여름이 아니라 겨울이 야.」시몽이 말했다.

세상에나, 그들은 앞으로 여름 방학 때보다 더 배를 주리게 될 터였다.

한 시간 동안 슈투프로 생체 기관들을 따뜻하게 데우 자, 각자 잠자리로 돌아가라는 명령이 떨어졌다. 아이 다섯이 허겁지겁 내 가방을 뒤지는 걸 보고서야 나는 그들이 식사 시간 내내 왜 그렇게 들떠 있었는지 이해 할 수 있었다. 그들은 과자와 초콜릿 상자에 달려들어 그것들을 찢어발기고 굶주린 야수의 표정을 지으며 마구 삼켜 댔다.

「브뤼셀에서는 얼음사탕과자를 원하면 언제든 먹을 수 있다면서!」 내가 마치 사르다나팔로스왕[13]이라도 되는 것처럼 쳐다보며 콜레트가 말했다.

「그런데 오늘 난방 켜는 걸 잊은 거야?」 내가 물었다.

「너 여기서 난방 장치 비슷하게 생긴 걸 본 적 있니? 여기서는 옷을 다 입고 자.」 뤼시가 대답했다.

「할아버지도?」

「아버지는 아냐. 아버지가 이불 속으로 미끄러져 들어가기 전에 위르스마르가 보온 팬에 숯불을 모아서 침대를 따뜻하게 데워. 자, 이제 수다는 충분히 떨었으니 그만 자.」 시몽이 말했다.

아이들은 마치 한 사람인 것처럼 명령에 복종했다. 나도 군말 없이 내 잠자리, 다시 말해 움푹 꺼진 매트와 시트만큼이나 얇은 모직 이불 사이로 들어갔다. 이불로 온몸을 아무리 둘둘 말아도 죽을 정도로 추웠다. 지붕 밑 다락방의 기온은 영상이기는 할 테지만 0도를 겨우 넘길 정도였다.

13 전설에 나오는 아시리아 최후의 왕. 호사스럽고 방탕한 생활을 했다고 한다.

나는 우주 최악의 감각을 발견했다. 턱뼈가 얼음처럼 차갑게 닫힌 채 도무지 벌어지지 않았다. 몸이라도 덜덜 떨렸다면, 그게 나를 구했을 것이다. 그런데 알 수 없는 이유로 인해 내 피부는 그 정상적인 반응조차 보이지 못했다. 내 몸과 영혼이 극심한 고통 속에 굳어 있었다. 결빙이 내 존재를 발부터 덥석 물고는 서서히 위로 올라왔다. 내 코는 이미 얼음 조각처럼 딱딱하게 얼어 있었다. 아이들은 어떻게 그 극한의 환경에서 살아남을 수 있었을까?

나는 시몽이 벌써 코를 고는 소리를 들었다. 그런 환경에서 잠을 자는 게 가능하단 말인가? 나는 절대 그럴 수가 없었다. 슈투프를 하는 어른들에게 가고 싶었다. 하지만 아뿔싸, 내가 그 욕망에 따른다면 최악의 형벌, 즉 불명예를 뒤집어쓸 위험이 있었다.

따라서 이제 나는 죽어야만 할 것이다. 만 여섯 살 반이 된 나에게는 삶이 길어 보였다. 이미 많은 일이 나에게 일어났다. 한 화가가 어머니의 품에 안긴 내 초상화를 그렸고, 나는 골키퍼라는 직업에 대해서도 알게 되었다. 학교에서는 자크의 우정을 얻었고, 그는 나를 기억할 것이다. 나는 평온하게 죽음을 받아들일 수 있었다. 하지만 은근한 반항심이 나를 자극했다. 멀리서 온 어떤 힘이 내 뼛속에서 소리를 질러 댔다. 나는 그것을 무시하기로 마음먹었다. 그들은 보게 될 것을 보게 되리라. 나는 징징거리지 않고 용감하게 죽어 갈 것이다.

그런데 기적이 일어났다. 누가 내 어깨를 잡아 흔들었다. 도나트였다.

「머리도 이불 아래로 집어넣어야 해.」

어둠이 그녀에게 사제의 모습을 부여했다. 그녀는 어둠 속을 훤히 보는 것 같았다. 내가 겁에 질려 그녀를 쳐다보고만 있자, 그녀가 내 이불을 잡아 얼굴까지 끌어올리고는 머리를 감싸 주었다.

「이제, 자.」 그녀가 소곤거렸다.

나는 그녀가 자신의 침대로 돌아가는 소리를 들었다.

나는 인정하지 않을 수 없었다. 도나트가 말한 것은 사실이었다. 내뿜는 숨이 이불 속 한정된 공간을 서서히 데워 주었고, 내 체온은 거의 감내할 수 있는 수준까지 올라갔다. 갑자기 이가 덜덜 떨리기 시작했다. 그것은 내가 조금 전까지는 운용할 수 없었던 탁월한 방어 기제였다.

내가 목숨을 부지할 수 있었던 것은 도나트의 훌륭한 조언만이 아니라 누군가 내 운명을 걱정한다는 사실을 발견한 덕분이기도 했다. 나는 하늘 아래 혼자가 아니었다. 나를 걱정해 준 사람이 비정상적인 여자아이였다는 사실이 나에게는 특히 감동적이었다. 지난여름 내가

몰래 가져다주었던 빵 조각에 대한 감사의 표시였을
까? 나는 아니라고 짐작했다. 그녀는 누구에게나 똑같
은 식으로 행동했을 것이다.

마침내 나는 잠이 들었다.

몇 시간 후, 오줌이 마려워 잠에서 깨어났다. 나는 샤
를의 말을 떠올렸다. 불행하게도 다른 해결책은 없었
다. 침대에 오줌을 싸는 것은 용서받을 수 없는 짓이었
다. 나는 내가 가진 것보다 훨씬 많은 용기를 모아 자리
에서 일어났다.

나는 너무 무서운 나머지 추위를 까맣게 잊었다. 다
락방을 나서는 것은 위험천만한 출정이었다. 나선형의
층계에서 나를 기다리는 어둠은 이름이 없었다. 어른들
중 하나가 깜빡 잊고 등을 켜두었기를 기대하며 아래쪽
층계참까지 내려갔다. 하지만 거기서도 짙은 어둠만이
날 기다리고 있었다.

나는 두 번째 층계가 시작되는 지점을 찾아야 했다.
계단의 수렁 속에서 넘어지지 않기 위해 네발로 기기
시작했다. 도중에 오줌이 찔끔 나오지 않는다면 기적이
었다. 아래층으로 내려간 나는 어디가 어딘지 몰라 화

장실 문을 찾기 위해 10여 분 동안 헤매야 했다. 마침내 화장실에 자리를 잡은 나는 내 안에 있는 모든 것을 비워 냈다. 공포가 배변 욕구를 그만큼 증폭시켜 놓았던 것이다. 나는 지혜롭게도 돌아갈 때를 대비해 어둠이 눈에 익게 내버려두는 편이 낫다고 생각해 불을 켜지 않았다.

물 내려가는 소리가 어찌나 큰지 집이 무너지는 줄 알았다. 나는 어떤 존재가 나를 스쳐 간다는 느낌을 받으며 첫 번째 층계를 잽싸게 올라갔다. 쥐였을까? 소름이 끼칠 정도로 혐오감이 컸지만 그랬기를 바랐다. 공포의 비명을 억누르는 게 얼마나 힘들었는지!

두 번째 층계를 오르는 동안, 쥐가 내 다리를 살아 있는 햄으로 여긴다는 사실이 밝혀졌다. 나는 쥐가 더는 내 허벅지를 물어뜯지 못하게 발로 차 쫓아 버렸다. 스스로의 용기에 뿌듯해진 나는 마침내 고요한 항구처럼 보였던 공동 침실에 도착했다. 침대에 다시 누워서 잊지 않고 이불을 머리까지 뒤집어썼고, 앞으로는 자러 올라오기 전에 화장실에 꼭 들르겠다고 다짐하며 나는 잠이 들었다.

아침이 되자 눈이 그쳤다. 수북하게 쌓인 눈 위를 걷는 것은 힘들었지만, 하얀 눈에 덮인 성과 숲이 보여 주는 광경이 너무나 아름다워 금세 잊어버렸다. 나는 우리가 놀러 가는 것이라고 생각했지만, 그것은 착각이었다. 시몽이 얼음 위에 쌓인 눈이 얼면 스케이트를 탈 수 없으니 눈부터 쓸어 내야 한다고 했다.

아이들은 각자 임기응변의 제설 도구를 들고 호수 표면을 덮고 있는 엄청난 양의 신선한 눈을 치웠다. 그러고는 창고로 가서 낡은 스케이트를 꺼내 신었다. 내가 스케이트를 한 번도 타본 적이 없다는 사실을 굳이 밝히지는 않았지만, 금방 탄로 났다. 무슨 수를 써서라도 적응하기로 마음먹은 나는 계속 넘어지지 않기 위한 기술을 개발했다. 세상만큼이나 오래된 그 기술은 속도라고 불린다. 스케이트를 신고 성큼성큼 내달리면 스케이트를 제어한다는 착각이 들고, 얼음 위에서 마냥 뒹굴면서 시간을 보내지 않게 된다.

「그럭저럭 잘 해내네.」샤를이 나에게 말했다.

페르시아의 왕처럼 우쭐해진 나는 몸이 땀에 흠뻑 젖어 있는 것을 깨달았다. 그것은 아주 기분 좋은 감각이었다. 그로 인한 위험은 가늠하지 못한 채 나는 호숫가에 앉아 눈부시게 아름다운 풍경을 바라보았다. 그런데 눈 깜빡할 사이에 땀이 식기 시작했다. 다시 스케이트를 타러 아이들에게로 돌아갔지만, 소용이 없었다.

「추위는 이길 재간이 없어.」성에서 축축하게 젖은 내 옷을 널며 할머니가 말했다.

「그럼 멈추지 말고 계속 스케이트를 타야 하나요?」 내가 물었다.

「아니지. 땀이 나지 않게 옷을 얇게 입어야지. 밖으로 나섰을 때 약간 추울 정도로. 잘 기억해 두렴.」

나는 그 말을 명심했다. 그래도 여러 번 깜빡해서 감기를 달고 지내야 했다. 하지만 그들은 폐렴으로 악화되지 않는 한 건강하다는 표시라며 전혀 개의치 않았다.

내가 6년 반 동안 살아오면서 경험한 일 중에 그해 크리스마스 방학이 행복과 가장 많이 닮은 것이었다. 숲 속에 웅크린 호수에서 스케이트를 타면서, 혹은 길에 쌓인 눈을 밟으면서 보낸 나날들은 끊임없이 나를 황홀경에 빠뜨렸다. 아이들의 무리에 끼어 지내는 것 역시 나를 시시각각 열광하게 했다.

시몽은 나를 괴롭힐 새로운 방법들을 찾아내려고 애를 썼다. 폭풍이 몰아쳐 바깥으로 나갈 수 없게 되면, 그는 나에게 할아버지의 시집을 건네주고는 그중 여러 페이지를 암기하라는 명령과 함께 나를 화장실에 가둬 버렸다. 트리아농은 성에서 가장 추운 곳이었다. 어찌나 추웠는지 나는 번갯불에 콩 볶아 먹는 속도로 시구들을 외워 버렸다.

「다 외웠어!」 내가 소리쳤다.

그러면 그들은 나를 감옥에서 풀어 주고 시집을 압수했다. 시몽이 시집을 보며 대조하는 동안, 나는 다섯 아이 앞에서 외운 시들을 암송해야 했다. 아주 사소한 실수만 해도, 예를 들어 ⟨des⟩ 대신에 ⟨les⟩를, ⟨le⟩ 대신에 ⟨un⟩을 읊기만 해도 외워야 할 시의 개수는 두 배로 늘었고, 나는 다시 화장실에 갇혔다.

어느 날, 피에르 노통브가 왕들조차 걸어서 가는 화장실에 가다가 우연히 어린 자식들 앞에서 자신의 시 여러 편을 운까지 살려 가며 암송하는 나를 발견했다.

그것이 벌칙이라는 것을 전혀 알지 못했던 그는 크게

감격해 나를 얼싸안았다.

　「오, 파트리크. 네가 내 시들을 이토록 사랑하는지 미처 몰랐다! 시를 정말 잘 읊는구나!」

　남자가 나를 그렇게 꼭 안아 준 건 그때가 처음이었다. 나는 그 순간 내가 아버지가 있었으면 하고 얼마나 바라 왔는지를 깨달았다.

저녁 식사를 하고 식구들이 슈투프를 하며 몸을 녹이
는 동안, 할아버지는 모두에게 화장실 앞에서 목격한
장면에 대한 자신의 해석을 내놓았다.

　「파트리크는 자신이 뭔가를 사랑하는 것을 부끄러워
하는 아이란다. 화장실에 가다가 파트리크가 내 시 중
몇 편을 선별해 열렬히 암송하는 걸 우연히 보게 되었
어. 파트리크는 나의 재능을 알리기 위해 내 자식 중 가
장 어린아이들을 청중으로 택했어. 그리고 그 어린 미
개인들은 입을 헤벌린 채 귀를 기울이고 있었지. 그런
기적을 지켜보고도 어떻게 파트리크가 가진 재능을 의
심할 수 있겠니?」

할머니가 그 이야기에 감동해 나를 안아 주었다. 그러고는 방을 나서기 전에 나에게 책 한 권을 건네주었다.

「네가 시를 그토록 좋아하니 내가 늘 가지고 다니며 읽는 이 시집을 너에게 주마.」

그것은 낡은 교과서였고, 표지에 『아르튀르 랭보 ─ 시편』이라고 적혀 있었다.

「아르튀르 랭보는 역사상 가장 위대한 시인이란다. 여기서 아주 가까운 프랑스 아르덴에서 태어났지.」 할머니가 말했다.

브뤼셀로 돌아가는 기차 안에서 나는 할머니가 선물한 책을 읽어 보려고 시도했다. 〈내가 정말 좋아하는 걸까?〉라는 어리석은 질문에 답하려 애쓰지 않는 게 어린 시절이 가진 장점이다. 나에게는 무엇보다 발견하는 게 중요했다.

나는 그 가파른 시들 사이로 길을 내고 헤쳐 나갔다. 그 시들이 나에게 너무 힘든 등반을 제안하고 있다는 인상을 받았다. 그래도 나는 장차 등산가가 되면 그 높이까지 올라가겠다고 다짐했다.

브뤼셀에 도착하자, 이미 정해진 시나리오에 따라 호들갑스러운 연민의 말들과 뜨거운 목욕이 날 맞아 주었다. 외할머니가 그새 내가 많이 야위었다는 것을 확인하는 동안, 나는 김이 모락모락 피어오르는 뜨거운 물이 주는 도취에 빠져들었다. 2주 동안 모진 추위에 시달렸을 때는 따뜻함을 맛보는 것, 그것만으로도 별도의 온전한 활동이 된다.

「크리스마스 선물도 못 받았지, 그렇지?」 할머니가 화를 내며 물었다.

「아뇨, 책 한 권을 받았어요.」

나는 외할머니에게 친할머니가 준 낡은 시집을 보여주었다.

「뭐야 이건, 헌책이잖니!」

나는 할머니의 말에 담긴 아이러니를 알아차리지 못했다. 할머니는 랭보가 누군지 모르는 게 분명했다.

「애야, 이제는 억지로 퐁두아에 가지 않아도 된단다.」 할머니가 다행이라는 듯이 말했다.

「제발요, 할머니. 난 올여름에도 그곳에 가고 싶어요! 거기서 지내는 게 정말 좋은걸요.」

「너 좋을 대로 하렴.」 그녀가 어깨를 으쓱하며 대답했다.

솔직한 마음으로는 부활절 방학에도 그곳에 가고 싶었지만, 나는 노통브 집안이 얼마나 날 열광시키는지 함부로 드러내지 않는 편이 낫다고 느꼈다. 외할아버지와 외할머니가 밀담을 나누다가 내가 나타나면 입을 다무는 걸 가끔 봤기 때문이다. 피에르라는 이름이 내 귀에까지 들렸다. 나는 그 이상은 알고 싶지 않았다.

전쟁이 한창이었다. 전쟁에 관심이 있었다고 말할 수 있으면 좋겠지만, 나는 그것에 대해 별로 아는 게 없었다. 학교에 가면 선생님들은 될 수 있으면 그 주제를 피하려고 했다. 어떤 밤에는 잠을 자다가 지하실로 내려가야 했고, 겁에 질린 할머니를 봤던 게 기억난다.

전쟁과 관련해 내가 유일하게 알 수 있었던 것은 어머니의 영국 심취가 더 심해졌다는 사실이다. 어머니는 오스탕드[14]에 가구 딸린 아파트를 빌릴 수 있게 되자마자 학교를 빼먹게 하면서까지 나를 그곳으로 데려갔다. 날씨가 좋을 때는 방파제 끝에서 도버 해협의 절벽들이 보인다면서 말이다. 나는 그녀가 구사하는 허구 속으로 빠져들었고, 그 상상의 풍경을 하나하나 그려 나갔다.

14 Ostende. 벨기에 북서부에 있는 항만 도시.

식당에 가면 어머니는 자신의 도다리 요리에는 거의 손도 대지 않은 채 새우크로켓을 허겁지겁 먹어 치우는 나를 실망한 눈길로 쳐다보았다.

「패디, 사교계 신사가 되려면 그렇게 먹으면 안 돼.」

나는 감히 그녀에게 사교계 신사가 되고자 하는 야망이 없다고 대답하지 못했다. 나는 골키퍼가 되고 싶었다.

나는 그해의 가장 위대한 순간을 여름 방학 첫날 브뤼셀에서 아베라뇌브로 가는 기차 안에서 맞았다. 세월이 흐르면서 내 애독서가 된 할머니의 선물을 나는 늘 가지고 다녔다.

　그 책을 읽고 또 읽다가 「취한 배」라는 제목이 붙은 장시(長詩)에서 내 영혼을 비틀어 놓는 일련의 시구들을 찾아냈다.

　내 하나 탐하는 유럽의 물이 있다면,
　향기로운 석양 무렵, 깊은 슬픔에 잠긴
　한 아이가 쪼그려 앉아 5월의 나비처럼 가냘픈

배를 띄우는 검고 차가운 플라슈[15]야

그 물웅덩이, 나는 그것을 알고 있었다. 그것은 숲속에 감춰진 이름 없는 실개천이었다. 가물지 않을 때라 아르덴 숲 곳곳에 개천이 흘렀다. 하지만 느리고 슬프게 흐르는 그 개천, 내가 홀로 찾아가곤 했던 그 개천은 나의 것이었다. 나는 그것을 〈플라슈〉라고 부르기로 마음먹었다.

시는 내게 자신의 힘을 드러냈다. 그 개천을 랭보의 플라슈와 동일시하자 그것은 나에게 마술적인 것으로 보이기 시작했다. 나는 그 개천에 머리를 담그면 아버지를 만나게 될 거라고 여겼다. 물속에 제법 오래 머리를 담그고 있으면 아닌 게 아니라 한 남자의 얼굴이 보이는 것 같기도 했다.

전쟁이 끝났을 때 나는 아홉 살이었다. 역사 수업 시간에 선생님이 아주 조심스럽게 그 주제를 다루는 것만 제외하면, 그다지 큰 변화는 없었다.

전쟁이 끝났다고 해서 퐁두아 사람들이 더 푸짐하게

15 flache. 물웅덩이라는 뜻의 사투리.

먹는 것도 아니었다. 어린 시절을 견디고 살아남는 것
은 피에르 노통브의 자식들에게는 여전히 다윈의 실험
으로 남아 있었다.

1951년 여름, 퐁두아에서 도나트의 모습이 보이지 않았다.

「시설에 들어갔어. 열일곱 살이라, 더는 여기 데리고 있을 수 없었어.」샤를이 나에게 말해 주었다.

나는 슬펐다. 나는 그녀에게 살가운 애정을 품고 있었다.

「우리도 이제 열다섯 살이니 더는 어린아이가 아니야.」샤를이 덧붙였다.

그 확인은 나를 얼어붙게 했다. 우리는 특별히 조숙해서가 아니라 다른 아이들이 없기 때문에 성인들 틈에 받아들여졌다.

식탁에 둘러앉은 우리는 그 시절 벨기에 곳곳에서 그 랬듯이 그 중대사를 다루었다. 신기하게도 우리를 성인 취급하는 데 관해 특별한 이견은 없었다.

배우 뺨치는 미남으로 성장한 스무 살의 시몽이 최근에 정복한 여자, 식구들의 눈초리에 주눅이 들어 감히 입도 벙긋하지 못하는 매력적인 아가씨를 초대했다.

「결혼할 거래?」내가 샤를에게 물었다.

「농담하니? 매주 바뀌는데 결혼은 무슨!」

얼마 안 되는 음식을 허겁지겁 먹고 나자, 샤를이 나에게 앞으로 뭐가 되고 싶으냐고 물었다. 나는 여섯 살 때 했던 것과 똑같은 대답을 내놓았다.

「골키퍼.」

「정말?」

「응.」

「너 자신을 돌아봐, 파트리크. 넌 근육이 전혀 없어. 넌 지성적인 애야. 다른 길을 찾아봐.」

내가 잠시 생각해 본 후에 말했다.

「역장.」

샤를은 뭐 이런 녀석이 다 있나 하는 표정을 지으며

웃음을 터뜨렸다. 나는 그의 반응에 크게 실망했다. 골 키퍼나 역장은 내 마음을 동하게 하는 미래의 직업이었 다. 그것 말고는 특별히 끌리는 게 없었다.

어린 시절의 끝은 나에게 미소를 보내지 않았다. 나 의 유일하고 진정한 욕망은 아버지를 갖는 것이었다. 내겐 오랫동안 아버지의 역할을 부여했던 두 명의 할아 버지가 있었다. 하지만 불행하게도 시간이 흐름에 따라 나는 그들이 그 역할에 적합하지 않다는 것을 깨닫기 시작했다. 그들은 둘 다 나이 일흔을 넘겼고, 그것이 문 제가 되었다.

샤를은 나와 동갑이었지만 나의 할아버지가 그의 아 버지였다. 그래서 나는 감히 그 주제에 관해 그에게 물 어보았다.

「네 말이 맞아. 이상하긴 해. 일반적으로 아버지는 아 들에게 그가 어떤 세상에서 살아가고 있는지 설명해 주 지. 그런데 아버지는 너무 연로해서 지금 세상에 관해 아는 게 없어. 그분을 존경하기는 하지만, 그는 아버지 의 역할을 할 능력이 없어.」

「아버지가 없는 게 얼마나 아쉬운 일인지 네가 안

다면!」

「네가 헛된 환상을 품고 있는 거야. 나에겐 아버지가 있지만 크게 도움이 안 돼.」

「셰익스피어의 작품에서는 아버지들이 너무나 중요하고 멋진걸. 그런 아버지들이 존재할 거야. 난 확신해.」

「너, 셰익스피어도 읽는구나!」

나는 부끄러워 얼굴을 붉혔다. 할아버지와 할머니를 제외하고, 퐁두아의 미개인들 사이에서는 자신에게 교양이 있다는 것을 드러내지 말아야 했다.

내가 얼마나 미련한지 강조하기 위해 샤를이 그 사실을 아이들에게 일러바치려는 순간, 묘한 사건이 일어났다. 뤼시가 코피를 흘렸고, 몇 초 후에 나는 정신을 잃었다.

내가 깨어났을 때, 노통브 가족이 내 침대 머리맡에 모여 있었다.

「무슨 일이 있었던 거죠?」 내가 물었다.

「무슨 일이 있었는지 묻고 싶은 건 우리야. 왜 갑자기 기절한 거니?」

「뤼시의 코에서 피가 흐르는 걸 봤고, 그러고는 모든 게 까맣게 변했어요.」

112

「피를 본 게 처음이었니?」할머니가 물었다.

「예, 그런 것 같아요.」

「그게 이유였군. 피를 보고 기절했던 거야.」

「그럴 수도 있어요?」시몽이 물었다.

「그래. 나한테 늙은 숙모가 있는데, 그분도 그랬어.」
할머니가 대답했다.

그 대답이 내 상황을 악화시켰다. 나는 곧바로 아이들의 놀림감이 되고 말았다.

「계집애 같은 녀석!」시몽이 말했다.

「난 동의 못 해! 여자들은 피를 보고 기절하지 않아.
여자들은 너희 남자들보다 피에 대해 훨씬 잘 알아.」
콜레트가 끼어들었다.

「그럼, 엄마의 늙은 숙모는?」시몽이 반박했다.

「비정상이라서 그런 거야.」콜레트가 다시 반박했다.

어쨌거나 내 경우에는 그랬다. 그 증상은 늘 나를 따라다녔으니까. 사람의 것이건 동물의 것이건, 피를 보기만 하면 나는 정신을 잃는다. 잠시라도 의식이 있어야 그 현상을 분석할 텐데, 워낙 순식간에 일어나는 일이라 공포증이라고 말할 수도 없다. 게다가 상보성의 원칙에 따라, 그 사실을 의식한 이후로 나의 병적인 증상은 더욱 심해졌다. 그 후로는 핏물이 뚝뚝 흐르는 스테이크나 타르타르만 봐도 그 현상이 일어났다. 그것은 무시하기 어려운 장애가 되었다.

내가 다른 세대에 속했다면, 사람들은 나를 병원에 데려가 진료를 받아 보게 했을 것이다. 하지만 딱히 전문가가 아니어도 내 아버지의 죽음이 그 현상에 모종의 역할을 했을 거라고 충분히 짐작할 수 있었을 것이다. 사망 원인이 지뢰 폭발이라 피의 불꽃놀이가 펼쳐졌을 테니까.

그것은 나의 아킬레스건이 되었다. 퐁두아의 악동들은 그것을 악용했다. 시몽은 내가 즉시 기절하는 걸 보는 즐거움을 위해서라도 스스로 살갗을 베는 기회를 놓치지 않았다.

나에게는 부엌 출입이 금지되었다. 거기서 우연히 아직 익히지 않은 쇠고기를 보게 될 수도 있었으니까.

장난기와 악의가 넘치는 시몽은 낱말도 똑같은 효과를 발생시키기를 기대했다. 하지만 다행스럽게도 그런 전염은 일어나지 않았다. 피라는 단어를 싫어하긴 하지만, 그것이 나를 기절하게 하지는 않는다. 시몽이 각 문장에 피라는 단어를 넣기 위해 자신의 담론을 아무리 로고랄리[16]로 바꿔도 내가 정신을 잃는 일은 일어나지 않았다.

나는 낙인이 찍힌 채 브뤼셀로 돌아왔다. 친할아버지가 외할아버지에게 전화를 걸어 알린 것일까? 그건 나도 모르겠다.

늘 어머니 마음에 들고 싶었던 나는 그녀에게 군에 입대하고 싶다는 의향을 밝혔다. 어머니는 대견하다는 표정으로 나를 쳐다보았다. 그런데 할아버지가 찬물을 끼얹었다.

「파트리크, 그건 불가능해.」

「왜요?」어머니가 발끈하며 물었다.

「얘야, 엄마한테 그 사실을 말하렴.」

멍청한 녀석 같으니! 내가 어떻게 스스로 그런 궁지로 뛰어들 수 있었을까? 그냥 입을 다물고 있었으면 됐

---

16 logorallye. 프랑스 작가 레몽 크노Raymond Queneau가 상상해 낸 개념. 짧은 글이나 시간 안에 같은 낱말을 일정 수 반복해 사용하는 것을 뜻한다.

을 텐데. 나는 어머니의 마음을 사로잡으려는 내 욕구를 저주했다. 어머니는 〈이제 내 숨통을 끊어 주렴, 아들아. 고통은 이미 겪을 만큼 겪었으니……〉라고 말하는 표정으로 나를 쳐다보았다. 내가 마지못해 입을 열었다.

「난 피를 보면 정신을 잃어요.」

「그게 대체 무슨 소리니?」 어머니가 말했다.

할아버지가 다시 끼어들었다.

「사실이란다, 얘야. 파트리크가 서류나 끄적거리며 군생활을 하고 싶어 하지는 않을 테니, 난 저 아이가 다른 직업을 택하면 좋겠구나.」

무안해진 내가 순수한 도발로서 다른 가설을 내놓았다.

「난 시인이 될 수도 있을 거예요.」

「오, 시인은 집안에 하나면 충분해! 너도 퐁두아 사람들처럼 쫄쫄 굶고 싶니?」 할아버지가 화난 목소리로 말했다.

골키퍼나 역장이 되고 싶다고 말했다가는 당장 쫓겨날 것 같아 나는 입을 다물고 눈을 내리깔았다.

「맙소사, 패디. 널 어떡하면 좋니?」

「애, 너 지금 그게 무슨 소리니? 네 아들이 어때서? 예의 바르지, 똑똑하지, 온순하지, 말 잘하지…….」 할머니가 말했다.

그 장점들의 나열이 나를 슬프게 했다. 그것은 내가 되고자 하는 바와는 정반대의 것들이었다. 게다가 할머니는 도대체 무엇을 근거로 내가 말을 잘한다고 주장했을까? 나는 거의 말을 하지 않았다. 아마도 할머니가 〈말을 잘한다〉고 명명하는 게 바로 그것인 모양이었다.

「그런 자질들을 가지고 어떤 분야에 뛰어들 수 있을까요?」 할머니의 너스레를 통해 내가 노통브 집안사람들과 얼마나 다른지 이해한 어머니가 신음하듯 말했다.

「딱 좋은 게 있어!」 할머니가 대답했다.

「뭔데요?」 내가 물었다.

「외교관.」

「외교관이 뭐죠?」

「이런, 파트리크. 똑똑한 녀석이 그것도 모르니? 외교관이란 외국에서 자기 나라를 대표하는 사람들을 말한단다. 해외에 거주하는 자국민을 도와주기도 하고, 가끔은 전쟁이 일어나는 걸 막기도 하지.」

「듣기만 해도 지겨워요!」내가 한숨 쉬듯 말했다.

어른 셋이 웃음을 터뜨렸다. 나는 절망에 빠져 있었
다. 이렇게 해서 나의 아킬레스건은 나에게 예의 바르
고 평화적인 사람들이나 종사하는 직업에 뛰어들라는
선고를 내렸다. 절대 안 돼! 나는 극작가가 되기로 마음
먹었다.

지난 계절에 할머니가 나를 공원 극장에 데려가서
「시라노 드 베르주라크」를 보여 준 적이 있었다. 너무
나 재미있었다. 그래서 나는 주인공이 너무 큰 코가 아
니라 피만 보면 기절하는 성향을 장애로 갖고 있다는
점만 제외하고 거의 똑같은 이야기를 늘어놓는 희곡 작
품을 쓰는 일에 뛰어들었다. 그러나 뭔가 잘 안 들어맞
는다는 걸 금방 깨달았다. 대결이 주된 장면인데, 내 극
의 주인공은 피만 보면 정신을 잃었으니까. 그건 몹시
우스꽝스러웠다.

나는 내 약점 때문에 피해야만 하는 주제의 목록을
체계적으로 뽑아 보았다. 내가 몰리에르처럼 직접 연기
를 하거나, 적어도 공연을 지켜봐야 할 테니까. 연극에

서 사용하는 가짜 피도 나를 기절하게 만드는지 확인해 보는 위험을 감수하고 싶지 않았으니까. 따라서 나는 전투, 흡혈귀, 숫처녀, 성배 찾기, 간단히 말해 사람들을 열광하게 만드는 모든 것을 제외해야 했다.

나에게 남는 것은 심리적인 주제나 상징주의뿐이었다. 나는 목을 매고 싶었다. 열다섯 살이 되는 것은 끔찍한 일로 밝혀졌다. 내 미래의 지평이 확 좁아졌다.

개학과 동시에 만난 자크는 나에게 그가 〈영국 여자 애와의 연애〉라고 부른 것에 관해 이야기해 주었다.

「끝내주는 여름 방학이었어, 친구! 여자애들, 너도 한 번 시도해 봐야 할 거야.」

확실히 그의 말이 옳았다. 왜 아직 한 번도 그 생각을 해보지 않았을까? 아직 너무 어린 걸까? 나는 시몽을 떠올렸고, 이렇게 대답했다.

「난 미남이 아닌걸.」

「그래서? 그럼 난 미남이니? 그렇다고 넌 추남도 아니야. 그거면 충분해.」

자크의 의견에 마음이 든든해진 나는 여자애들을 어

디서 만날 수 있는지 생각해 보았다. 중학교에 진학한 이후로 나는 남학교에 다녔다.

자크가 내 생각을 읽었는지 하교 시간에 맞춰 주변 여학교 앞에 같이 가보자고 제안했다. 오후 4시 15분, 우리는 생트위르월 여자 중학교 정문 맞은편 인도에 진을 쳤다.

사실, 나는 젊은 여자애들을 한 번도 본 적이 없었다. 노통브 집안의 젊은 여자들은 거친 환경 속에서 살아남았기 때문에 내가 젊은 여자는 응당 그럴 것이라고 상상했던 것, 다시 말해 땅에 발을 디디지 않는, 꿈에 젖어 아련하게 사라져 가는 피조물보다는 과격한 여성 혁명 운동가를 닮아 있었다.

생트위르월 여학교에서 여학생들이 쏟아져 나왔을 때 나는 입을 다물 수가 없었다. 그들 중 절반은 너무 예뻐서 누구를 쳐다봐야 할지 알 수 없을 정도였다. 나는 유경험자인 자크에게 어떻게 접근해야 하는지 물어보려고 했다. 그런데 그 역시 나처럼 여학교에서 쏟아져 나오는 우아함과 생기의 파도에 놀라 넋이 나가 있었다. 30분이 지나자, 이제 그곳에는 아무도 없었다.

「어때?」 내가 물었다.

「물이 그다지 좋진 않네. 그저 그런 잔챙이들뿐이야.」 자크가 말했다.

「지금 농담해? 하나같이 매혹적인 아이들뿐이던데.」

「파트리크, 그렇게 열광하는 건 너한테 손해야. 여자들은 관심을 보이지 않는 남자들을 좋아하거든.」

「하지만 널 쳐다보는 여자애는 하나도 없던걸.」

「무관심한 척하는 거지. 자, 이제 터는 닦아 놓은 거야.」

터를 닦아 놓았기 때문에 우리는 다음 날 다시 갔다.

오후 4시 15분, 심장이 미친 듯이 두근거렸다. 기적이 재현되었다. 학교 문이 양쪽으로 갈라지며 그 놀라운 젊은 여자들에게 길을 터주었다. 심지어 못난 아이들도 매력이 넘쳐났다. 사실대로 말하자면, 그 아이들 중 아무라도 나를 세상에서 가장 행복한 남자애로 만들어 놓을 수 있었을 것이다.

바로 그때 드라마 같은 일이 일어났다. 자크가 갑자기 발작적인 기침을 시작했다. 그 어린 결핵 환자가 기침을 너무 심하게 하는 바람에 결국 피를 토해 인도를 벌겋게 물들이고 말았다. 나는 그 자리에서 곧바로 정신을 잃었다.

내가 깨어났을 때, 천상의 아름다움을 지닌 여자애가 손으로 내 이마를 짚고 있었다.

「자크는 어디 있어요?」 내가 웅얼거렸다.

「누굴 말씀하는지 모르겠네요, 므시외.[17] 당신은 피를 토하고 기절해 있었어요. 결핵을 앓은 지는 얼마나 됐어요?」

「나도 모르겠어요.」 나를 〈므시외〉라고 부르기에 깊은 감명을 받은 나는 이렇게 대답했다.

「구급차를 불러드릴까요?」

「아뇨, 그냥 집으로 돌아갈래요.」

그녀는 내가 일어날 수 있도록 부축해 주었다. 내가 쓰러진 곳에 굳어 있는 피 웅덩이를 쳐다보며, 나는 살아서 흐르는 신선한 피만이 나를 기절하게 만든다는 사실을 깨달았다. 따라서 내 외투에 묻은 핏자국은 나에게 아무런 영향을 주지 않았다.

에디트는 나를 장블린 드 뫼 광장까지 데려다주었다. 그녀는 열네 살이었고, 장차 간호사가 되고 싶어 했다.

17 monsieur. 남자를 칭할 때 붙이는 존칭.

그녀의 부모는 이디스 카벨[18]을 염두에 두고 그녀에게 그 이름을 붙여 주었다. 에디트는 나를 구해야만 하는 위대한 병자로 보았다. 그녀가 가진 세인트버나드의 구명 본능은 내가 거부할 수 없는 매력을 갖춘 남자로 보이게 했다.

이게 웬 떡이냐 싶었던 나는 그녀에게 내가 결핵 환자가 아니라는 사실을 굳이 밝히지 않았다. 에디트는 말랑말랑한 캐러멜색과 맥주의 황금색 사이를 오가는 색깔의 머리카락을 길게 기르고 있었다. 그녀는 끊임없이 웃었고, 그녀의 얼굴은 플랑드르파 화가들의 그림에 등장하는 숫처녀들을 떠올리게 했다.

에디트는 나를 각별하게 배려하며 몸 상태가 어떤지 끊임없이 물어 댔고, 심지어 걸을 때는 자기에게 기대라고 권하기까지 했다. 상남자 중 상남자를 구현하고자 했던 나는 그녀의 제안을 단칼에 거절했다.

우리 집 앞에 도착한 에디트는 부모님과 이야기를 나

18 Edith Cavell(1856~1915). 영국의 간호사이자 인도주의자. 제1차 대전 당시 독일에 점령된 벨기에로부터 탈출한 연합군 병사 2백 명을 간호한 것으로 유명하다.

누길 원했다. 나는 부모가 없다고, 고아라고 둘러댔다.
에디트의 아름다운 두 눈이 더 커졌다. 그녀는 나에게
자기 전화번호를 남겼다.

이튿날, 자크가 나를 데리고 생트위르쉴 여학교에 가고 싶어 했다. 나는 아무 해명도 하지 않고 거절했다.

「알겠어. 난 친구가 생긴 줄 알았는데, 내가 결핵에 걸렸다는 걸 알고는 싹 달라지는군.」 그가 말했다.

「자크, 네가 결핵에 걸렸다는 건 오래전부터 알고 있었어. 난 공부에 집중하기로 마음먹었어. 그뿐이야. 그리고 다음번에 길에서 피를 토하게 되면 달아나지 마.」

「너도 다음번에 기절할 땐 나랑 같이 있지 않도록 해.」

우리는 이 대화를 끝으로 서로 거리를 뒀다. 나는 몰래 에디트를 다시 만났고, 그녀에게 내가 쓴 시를 전해주었다. 그녀는 훌륭하다며 감탄을 연발했다. 나는 사랑에 빠졌던 것일까? 분명히 그랬다. 아침부터 저녁까지 오로지 그녀 생각뿐이었으니까. 그녀를 얼마나 안고 싶었는지! 나는 그녀에게 입을 맞추려고 시도했지만, 그녀는 내 입술을 피했다.

「나도 이해해. 감염될까 봐 두려운 거지?」 내가 말했다.

발끈한 에디트가 곧바로 자신의 입술을 내 입술에 겹쳤다. 나나 그녀나 경험이 없어 서툴기 짝이 없었지만, 그게 뭐가 그리 중요한가! 그것은 경이로운 순간이었다. 내가 그녀의 허리를 꼭 껴안자 향긋한 비누 냄새가 났다. 나는 그 황홀함에 넋을 잃었다.

그녀가 부끄러워하며 달아나 그녀의 부재를 나에게 선물했다. 내가 그 선물을 더 잘 음미할 수 있도록. 나는 집으로 달려가 침대에 누웠다. 나는 초상화를 바라보며 어머니에게 이렇게 말했다.

「엄마는 이제 더는 내 인생의 여자가 아니에요!」

내가 에디트를 다시 만났을 때, 그녀는 달려져 있었다.

「입을 맞추면 감염이 아주 쉽게 된대. 내가 알아봤어. 나는 십중팔구 결핵에 걸릴 거고, 그러면 간호 학교에 진학하지 못하게 될 거야. 넌 날 도발하지 말아야 했어.

그건 비겁한 짓이었어.」

나는 사랑하는 마음에 엄청난 바보짓을 저지르고 말 았다.

「염려 마, 에디트. 난 결핵에 걸린 적이 없으니까. 우리가 처음 만난 날 그 피 웅덩이는 내 친구 자크의 작품이었어.」

「하지만 넌 정신을 잃었잖아!」

「난 피를 보면 그렇게 돼.」

에디트는 일그러진 표정으로 나를 향해 경멸의 눈길을 던졌다.

「두 번 다시 널 보고 싶지 않아!」 그녀가 자리를 뜨며 말했다.

내가 에디트의 얼굴에서 발견한 천박한 표정이 대번에 날 치료해 주었다. 나는 전혀 슬픔을 느끼지 않았다. 상스러운 여자에게 걸려들지 않았다는 안도감뿐이었다. 날 진정으로 사랑했다면, 에디트는 내가 건강하다는 사실을 기뻐했을 것이다. 무엇보다 화가 난 듯한 표정은 그녀의 본성에 대해 많은 것을 알려 주었다.

그 사건 이후로 나에게는 지혜로운 반사적 행동이 남

았다. 나는 화가 난 표정을 보지 않고는 절대 여자에게 빠져들지 않았다. 노여움은 깊은 인성을 드러낸다. 누구나 화를 낼 수는 있지만, 정상적인 분노와 노여워하는 얼굴 사이에는 넘어설 수 없는 차이의 벽이 존재한다. 나의 경우, 노여워하는 얼굴을 보면 결정 작용[19]이 일어나지 않는다.

교실로 돌아온 나는 자크가 나의 아킬레스건에 대해 말하고 다녔다는 것을 알았다.

「피를 보면 기절한다면서, 정말이니?」 아이들이 나만 보면 놀려 댔다.

친구를 잃는 것은 하나의 시련이다. 자크와의 10년 우정이 연기가 되어 사라졌다. 나는 고통을 드러내지 않았다. 나는 열다섯 살이었고, 막 첫 키스와 첫 배신을 경험했다.

교실 맨 뒷줄에 무표정한 얼굴로 무엇인지 알 수 없

---

19 cristallisation. 프랑스 소설가 스탕달이 『연애론』에서 주장한 개념으로, 사랑하는 대상을 이상화하는 과정을 뜻한다.

는 걸 끊임없이 공부하는 학우가 있었다. 나는 위베르라는 이름을 가진 그 친구 옆에 가서 앉았고, 그가 표의문자들을 끄적이는 것을 보았다.

「중국어 공부하니?」

「비슷하긴 하지만, 이건 일본어야.」

「일본어 공부는 왜 하는데?」

「그냥.」

그의 말투에는 어떠한 교만함도 없었다. 그에게 이것저것 물어보던 나는 그가 이미 산스크리트어를 말하고쓸 줄 안다는 사실을 알게 되었다. 그렇긴 해도 위베르는 전혀 반에서 1등을 하는 아이로 보이지 않았고, 실제로도 아니었다. 과장이 아니라, 수학, 과학, 체육은 성적이 나보다 더 안 좋았다.

「난 피를 보면 정신을 잃고 말아.」 내가 서둘러 털어놓았다.

「나도 들었어.」

「네가 보기에도 그게 우스꽝스럽니?」

「난 그런 것에 관심 없어.」

그것은 그가 자주 내놓는 대답이었다.

누구에게든 전혀 특별한 인상을 주지 않는 위베르는 자기 자신을 포함해 모두에게 무관심했다. 우리는 단짝 친구가 되었다. 선생님들은 우리를 절대 떼어 놓을 수 없는 카스토르와 폴리데우케스[20]처럼 우리의 성을 합쳐서 뒤르트노통브 혹은 노통베뒤르라 불렀다. 위베르뒤르는 자아, 자존심, 테스토스테론 싸움에 절대 말려들지 않았다.

어느 날, 그를 놀라게 해주고 싶었던 나는 여자애와 이미 키스해 봤다고 그에게 자랑스레 말했다.

「좋았어?」 그가 무덤덤하게 물었다.

「엄청.」

그는 언제 시간이 나면 확인해 보겠다는 표정으로 고개만 끄덕였다. 혹 떼러 갔다가 혹 붙여 온다더니, 정작 놀란 건 바로 나였다.

학교를 졸업할 때까지 나에게 다른 친구는 없었다. 위베르는 나에게 많은 것을 가르쳐 주었다. 그의 지혜와 부드러움은 나에게 큰 영향을 미쳤다. 적어도 나는 그렇게 믿고 싶다.

20 그리스 로마 신화에 등장하는 제우스의 쌍둥이 아들.

나는 나무르 대학교에 진학해 법을 공부하기 시작했다. 나무르는 보들레르가 좋아했던 유일한 벨기에 도시였다. 나는 그곳에서 나와 같은 법대 1학년이었던 앙리와 숙소를 함께 썼다. 앙리는 매력적인 데다 성격까지 좋은 아주 잘생긴 청년이었다. 우리는 주중에 나무르의 뒷골목을 전전하며 함께 즐겼고, 주말에는 브뤼셀로 돌아가 근사한 저녁 파티에 드나들었다. 그런 파티에 가면서 턱시도를 입지 않는 것은 훌륭한 집안의 자제였던 우리에게는 생각조차 할 수 없는 일이었다. 열여덟의 나이에 그렇게 갖춰 입는 게 우스꽝스럽다는 것을 희미하게 의식하고 있긴 했지만 말이다.

사교계 파티에 참석했던 어느 날 저녁, 앙리가 고통에 잠긴 표정을 지으며 다가왔다. 이유가 궁금했던 나는 왜 그러냐고 물었다.

「난 사랑에 빠졌어.」그가 나에게 털어 놓았다.

내가 웃음을 터뜨렸다.

「웃을 일이 아니야. 그녀는 날 사랑하지 않아.」

「도대체 누군데 그래?」

  앙리가 잔뜩 아름답게 치장한 껑다리 여자를 가리켰다.

「이름이 프랑수아즈야.」

「예쁘네. 근데 좀 차가워 보이지 않아?」

「넌 이해 못 해. 나는 사랑 때문에 죽을 것 같아.」

「그럼 가서 말해, 이 멍청한 녀석아!」

「말해 봤어. 아주 짧게 대답하고는 눈길을 돌리고 말더군.」

「또 말해 봐.」

「3일째 계속 따라다니고 있다니까! 그녀는 지겹다는 표정밖에 안 지어.」

「바보 같은 여자 같으니! 그냥 포기해 버려.」

「말했잖아, 그녀를 미친 듯이 사랑한다고.」

「그럼 편지를 써.」

「이미 서른 통도 넘게 써봤어. 봐.」

앙리가 이쪽저쪽 주머니에서 구겨진 종이들을 꺼내 나에게 내밀었다. 나는 그것들을 펼쳐 읽어 보았다. 하나같이 형편없었다.

「이 엉터리 글 중 하나를 그녀에게 건네줬니?」 내가 물었다.

「아니.」

「그럼 완전히 망한 건 아냐. 내가 한 통 써줄까? 네가 서명해서 보내면 되잖아.」

「넌 내 형제나 다름없어.」

나는 이튿날 당장 그 일에 매달렸다. 연애편지를 쓰는 것은 놀라운 작업이었다! 연애편지를 한 번도 써본 적이 없었던 나는 벼락같은 사랑의 낱말들을 교묘하게 쓰는 데서 오는 도취감을 발견했다. 내가 쓴 편지를 읽어 본 앙리가 눈을 휘둥그레 뜨며 말했다.

　「너도 프랑수아즈한테 푹 빠진 거야, 뭐야?」 앙리가 물었다.

　「그녀는 내가 좋아하는 타입이 아냐.」

　「그녀가 이걸 읽고도 날 사랑하지 않는다면 상황이 절망적이라고 봐야겠지.」

　앙리가 편지에 서명하고 발송했다. 며칠 후, 나무르

사람인 건물 관리인이 숙소 문 아래로 봉투 하나를 슬쩍 집어넣었다. 앙리가 창백해진 얼굴로 달려들었고, 서둘러 봉투를 뜯어 읽었다.

「편지가 통했어!」 그가 소리쳤다.

앙리가 프랑수아즈의 답장을 나에게 건넸다. 나는 그녀가 마음과 정신을 모두 담은 글을 놀랍도록 잘 쓴다는 사실을 발견하고 놀라움을 금치 못했다. 그녀의 얼굴이 얼음처럼 차갑지만 않았다면, 나 역시 사랑에 빠졌을 것이다.

「파트리크, 모든 게 네 덕분이야. 난 이번 주말 케트니 집안의 저녁 파티에 그녀를 만나러 갈 거야.」

그 파티에는 나도 초대받았기 때문에 그들의 재회를 지켜볼 수 있었다.

프랑수아즈는 여전히 아름다웠지만, 그 어느 때보다 쌀쌀맞았다.

「도대체 왜 저러지? 넌 뭐 좀 이해하겠어?」 앙리가 물었다.

「소심해서 그래.」 내가 대답했다.

「나 대신 또다시 편지를 써줄 거지?」

이미 한 번 해본 일이라 훨씬 수월했다. 나는 카메오[21]를 새기듯 편지를 쓰고, 거기에 약간의 절망, 분개, 격정을 부어 넣었다. 곧바로 답장이 왔다. 그 탁월한 서한에서 클레브 공작 부인[22]의 어린 누이는 내가 쓴 편지의 내용에 대해 이렇게 항의했다. 〈앙리, 도대체 나한테 뭘 기대했던 거예요? 당신에게 답장을 쓰는 지금도 얼굴이 이렇게 뜨겁게 달아오르는데, 내가 어떻게 당신의 눈길을 버텨 낼 수 있겠어요?〉

「그녀는 날 사랑해!」 앙리가 소리쳤다.

「이 여자, 정말 까다롭네!」 내가 한숨을 쉬며 말했다.

똑같은 시나리오가 반복되었다. 반 이페르셀 집안에서 열린 저녁 파티에서 프랑수아즈는 앙리에게 거의 말을 건네지 않았다.

「저 아가씨, 정말 수수께끼야!」 당황한 내 친구가 말

---

21 색상 차이가 보이게 돋을새김을 한 조가비, 자수정, 줄마노 따위를 뜻한다.

22 프랑스 소설가 라파예트가 17세기에 쓴 동명 소설의 주인공. 느무르 공작에 대한 사랑을 끝끝내 감춘다. 〈클레브 공작 부인의 어린 누이〉는 프랑수아즈를 지칭한다.

했다.

「끝까지 밀어붙여 보자고.」 내가 선언했다.

다시 쓴 편지가 하도 격정적이어서 앙리가 너무 과하지 않느냐고 물어볼 정도였다.

「너, 그녀를 사랑하지. 맞아, 아나?」

「그녀에게 겁을 주고 싶진 않아.」

「밀어붙여야 해. 빙하에 균열을 내야 한다고. 안 그러면 너도 〈타이태닉〉처럼 침몰하고 말 거야.」

프랑수아즈는 편지에는 잘도 답장하면서도 만나기만 하면 거의 입을 열지 않았다. 앙리가 안으려고 시도하기만 하면, 그녀는 질겁하며 몸을 뺐다. 새침을 떠는 거라고 보기 어려울 정도로. 그래서 내 친구와 나는 그녀에게 무슨 문제가 있는 게 아닌지 궁금해하기에 이르렀다.

여섯 달이 지났는데 키스는 고사하고 데이트 약속도, 아무것도 얻어 내지 못하자, 앙리는 나에게 그녀의 뒷조사를 부탁했다. 나 또한 그것만 기다리고 있었다.

나는 프랑수아즈의 주소를 알아냈고, 그녀의 집을 찾아가 문을 두드렸다. 열여섯 살쯤 된 자그마한 아가씨가 나를 맞이했다.

「우리 언니한테 푹 빠진 분이 당신이에요?」

「아뇨, 난 그의 친구인 파트리크라고 해요.」

「앙리가 왜 직접 찾아오지 않았죠?」

나는 그녀에게 그 이유를 설명하려고 시도하면서 동생이 언니보다 훨씬 더 생기 넘치고 매력적이라는 사실을 발견했다. 나는 결국 그녀와 다른 많은 것에 관하여 얘기를 나누었다. 그런데 갑자기 머리에 클립을 꽂고 안경을 쓴 여자가 현관에 나타나 쌀쌀맞은 말투로 내 대화 상대자에게 쏘아붙였다.

「공부한다더니, 여기서 이러고 있는 거야?」

그녀를 알아본 내가 소리쳤다.

「프랑수아즈!」

날 알아본 그녀가 부리나케 집 안으로 달아났다.

「왜 저래요? 무슨 문제가 있는 거죠?」 내가 동생에게 물었다.

「언니가 누가 자신의 민얼굴을 보는 걸 못 견뎌 해요.」

「훨씬 심각하군. 그녀는 앙리가 그녀에게 따로 말하는 것도 못 견뎌 해요. 앙리를 사랑하기는 하는 건가요?」

「그럼요. 하지만 워낙 자신감이 부족해서 저래요.」

「그 문제를 극복할 것 같나요?」

프랑수아즈의 동생이 한숨을 내쉬었다.

「내가 알아듣게 말은 해볼게요.」 그녀가 말했다.

나는 앙리를 만나 내가 목격한 것을 이야기해 주었다.

「있잖아, 내가 머리에 클립을 꽂고 안경을 쓴 프랑수아즈를 봤는데, 영 아니더라고.」

이런 말조차 사랑에 빠진 앙리에게는 아무런 영향도 주지 못했다. 그는 즉시 나에게 프랑수아즈에게 보낼 절절한 사랑의 편지를 한 통 더 써달라고 주문했다. 나는 실행했다. 얼마 지나지 않아 답장이 왔다. 프랑수아즈가 고른 낱말들은 그 어느 때보다 뜨거웠다. 사랑의 줄다리기가 다시 시작되었다.

나는 프랑수아즈의 동생에 대한 기억이 뇌리를 계속 맴돈다는 사실을 깨달았다. 나는 핑곗거리를 찾아 그녀를 다시 만났다. 그녀는 내가 기억하는 것보다 훨씬 아름다웠고, 재치가 넘쳤으며, 대화에도 활기가 가득했다.

내가 그녀와 함께 있던 어느 날 오후, 프랑수아즈가

나에게 와서는 자기 동생을 쫓아다니지 말라고, 동생은 아직 〈사교계에 입문하지 않았다〉고, 그러니 그러면 안 된다고 말했다.

다니엘이 두 주먹을 허리춤에 올리고는 화난 목소리로 말했다.

「언니가 왜 난리야? 언니 일이나 잘해.」

나는 격식 없이 표출된 그 정당한 분노를 두 눈으로 똑똑히 새겼다. 그것이 내 선택의 기준이 아니었을까? 다니엘이 날 매료시켰다.

앙리는 점점 미쳐 갔다. 한숨과 열정적인 편지로 1년을 보냈는데도 프랑수아즈는 여전히 난공불락의 요새로 남아 있었다.

나는 앙리의 의견을 묻지 않고 다니엘을 만나 그의 절망에 관해 얘기했다. 다니엘이 내 손을 덥석 잡아끌었다.

「우리, 동네 산책하러 가.」

우리가 집에서 멀찍이 떨어졌을 때, 다니엘이 털어놓았다.

「앙리의 편지들에 답장을 쓴 건 바로 나야.」

내가 눈을 휘둥그레 뜨며 말했다.

「그 편지들, 내가 쓴 거야!」

잠시 어안이 벙벙했던 우리는 곧 웃음을 터뜨렸다. 잠시 후, 내가 설명을 요구했다.

「너 참 웃기는구나! 내가 프랑수아즈 대신 답장을 쓴 이유는 네가 앙리를 대신해 편지를 쓴 이유와 똑같아. 둘 다 정말 사랑에 빠졌지만, 자신이 없어서 선뜻 나서지 못하고 있어.」

「네 언니는 왜 데이트 약속을 모조리 거절하는 건데?」

「언니 말로는 재치가 없는 게 들통날까 봐 그러는 거래.」

「언니한테 앙리 역시 그래서 직접 못 나서고 있다고 말해 줘.」

앙리가 마침내 데이트 약속을 얻어 낸 걸 보면 다니엘이 알아듣게 말을 잘한 모양이었다. 그때부터 앙리나 프랑수아즈나 더는 우리에게 편지 대필을 부탁할 필요가 없었다. 그리고 나는 내 친구 이름으로 서명해 보낸 것과 크게 다르긴 해도 사랑에서 영감을 받기는 마찬가지인 편지를 써서 다니엘에게 보내기 시작했다. 그녀의 답장은 나를 황홀하게 했다.

144

1950년대 벨기에의 상류 사회는 앙리 3세의 궁정만큼이나 코드화되어 있었다. 내가 공식적으로 다니엘에게 구애하려면 그녀가 열여덟 살이 되어서 〈사교계에 입문할 때까지〉 기다려야 했다.

나는 스무 살이었고, 더 기다려야 할 이유가 전혀 없었다. 나는 다니엘에게 나의 끔찍한 비밀을 털어놓았다.

「난 피를 보면 정신을 잃어.」

「도무지 너한테는 정상적인 게 없구나.」

「타르타르스테이크나 로스트비프를 봐도 마찬가지야.」

「그럼 구두 밑창을 먹으면 되겠네.」

나는 그녀에게 청혼했고, 그녀는 기꺼이 받아들였다. 당시는 1956년이었고, 우리의 삶이 시작되었다.

천만의 말씀. 바로 그 순간을 택해 피에르 노통브가 모습을 드러냈다. 그는 나에게 전화를 걸어 그 결합을 허락할 수 없다고 선언했다.

「그 아가씨는 우리와 혼사를 맺을 만큼 좋은 집안 출신이 아니다.」

「할아버지, 지금 무슨 말씀을 하시는 거예요?」

「우리는 노통브 가문 사람들이다. 네 조상 중 한 분이 이 나라의 헌법을 쓰셨어.」

「그렇다고 우리가 윈저 같은 대귀족인 건 아니죠.」

「네가 생각하는 것만큼 멀진 않아.」

나는 할아버지를 그의 망상 속에 내버려두기로 마음먹고 전화를 끊어 버렸다. 그러고는 곧바로 다니엘의 집으로 향했다.

「자네가 파트리크 노통브지?」

「예, 그렇습니다. 제 약혼자 다니엘을 만나러 왔습니다.」

「미안하네만, 내 딸아이는 자네의 약혼자가 될 수 없네. 나도 마음이 아프네. 믿어 주게. 자네 할아버지가 내게 전화를 걸어 자네를 집에 들이지 말라고 하셨네.」

「아버님이나 저나 그 폭군에게 복종할 의무가 없습니다.」

「자네한테는 미안하네만, 그분이 우리 집안을 모욕한 방식에 비추어 나는 이 결합에 반대할 생각이네.」

나는 화가 나 미칠 지경인 동시에 극도로 매료된, 딱 꼬집어 뭐라 표현할 수 없는 묘한 감정에 사로잡혔다. 내가 막 만난 남자는 내가 늘 꿈꾸었던 아버지를 구현하고 있었다. 무엇보다 이상한 것은 상호성이었다. 세 딸의 아버지인 그도 평생 바라 마지않았던 아들을 발견하고 있었다. 우리는 서로에게 매료되었고, 우리 각자의 입에서 나오는 말은 우리가 느끼는 것과 전혀 일치하지 않았다.

「아버님, 저는 따님을 사랑하고, 따님이 제 아내가 될 수 있도록 싸울 겁니다.」

「젊은 친구, 내 자네에게 무척 호감이 가지만, 명분이 없는 일로 자네 삶을 망치진 말게.」

나는 조사를 해보았고, 기사 작위를 가진 다니엘의 아버지 기 세벤이 브뤼주 귀족 출신이라는 사실을 알았다. 물론 그가 투르네 부르주아 집안 출신의 길렌 부셰와 결혼함으로써 신분이 낮아진 것은 사실이다. 그렇다고 해서 다니엘이 노통브 가문에 어울리는 집안 출신이 아니라는 주장은 얼토당토않은 것이었다. 나는 피에르 노통브에게 전화를 걸어 이렇게 설명했지만, 그는 콧방귀만 뀌어 댔다.

「넌 나중에 나한테 고맙다고 할 게다. 어쨌거나 난 그 아가씨의 부친에게 전화를 했고, 그 사람은 내 말을 아주 잘 알아들었어.」

「그래요, 할아버지는 귀족 그 자체인 남자를 모욕했어요.」

「얘야, 도대체 넌 무슨 언어로 말을 하는 거니?」

「할아버지가 쓰는 것보다 덜 낡아 빠진 언어로요.」

나는 그처럼 비현실적인 상황을 겪게 될 거라고는 한 번도 생각해 본 적이 없었다. 내가 속한 세계의 후진성을 깨닫기 위해서는 그게 필요했다. 바로 그 순간, 나는 다니엘을 데리고 국외로 떠나기로 마음먹었다.

절대 다니엘을 포기할 수는 없었으니까. 따라서 우리는 몰래 만났다. 우리의 비밀스러운 데이트 장소는 캉브르 숲 입구에 있는 옥트루아궁이었다. 우리는 그곳에서 일주일에 한 번밖에 만날 수 없었다. 나머지 시간에는 서로에게 뜨거운 편지를 썼고, 이번에는 앙리와 프랑수아즈가 전달자 역할을 했다.

법학 공부를 마친 나는 외교관 선발 시험을 성공적으로 통과했다. 나에게는 다니엘과 결혼하는 일만 남아 있었다. 나는 벨기에 전체에 결혼 소식을 전했다.

피에르 노통브가 곧바로 나에게 전화를 했다.

「파트리크, 넌 이성을 잃고 있어.」

「제가 하는 일은 완벽하게 합법적이에요. 할아버지한테는 그걸 막을 권리가 없다고요.」

「난 그 여자를 만나지 않을 거야…….」

「그러실 수는 없어요. 다니엘과 저는 돌아오는 토요일에 퐁두아에 갈 거니까요.」

「난 맞아들이지 않을 거다.」

「좋아요. 그렇다면 다니엘은 할아버지가 속물근성에

절어 있는 괴물인 데다 아주 상스러운 인물이라고 사방
에 떠들고 다닐 거예요.」

내가 쏜 총알은 과녁에 명중했고, 나는 할아버지가
약혼자를 맞아들일 거라고 예상했다. 어떻게 맞아들일
지는 두고 볼 일이었다.

방문하기로 한 날, 나는 어머니의 자동차를 빌려 다
니엘을 태우고 아르덴 숲 깊은 곳으로 갔다. 어떤 시험
이 자신을 기다리고 있는지 잘 아는 다니엘은 얼굴이
수의처럼 하얗게 질려 있었다. 가는 동안 내내 긴장을
풀어 주려고 애썼지만 헛일이었다.

피에르 노통브는 기사의 동상처럼 성 앞에서 우뚝 서
있었다. 겁에 질린 다니엘이 말을 더듬으며 그에게 인
사를 했다.

「어서 오시오, 아가씨. 당신은 아름다움 그 자체구려.」
할아버지가 지나치게 격식을 차려 가며 말했다.

경멸 섞인 암시들이 동반되지 않았다면, 이 말은 아주
상냥한 인사말이 될 수도 있었을 것이다.

노통브 집안사람들이 추문의 대상을 보기 위해 하나

씩 모여들었다. 다니엘의 안색이 눈에 띌 정도로 창백해졌다. 그들은 숲속 산책이나 하자며 그녀를 데려갔다.

할아버지는 끊임없이 곁눈으로 그녀를 관찰했다.

「호수에 눈길을 주지 않는군요, 아가씨.」

「아뇨, 아뇨. 바라보고 있어요.」

「바라보니 어떻소?」

평소 다니엘은 재치 있게 대답을 잘했다. 그런데 너무 긴장해서 아무 생각도 떠오르지 않았는지 이렇게 대답하고 말았다.

「호수가 참 귀엽군요.」

그들은 비웃듯 웃음을 터뜨렸다. 촌극을 연장하고 싶었던 시몽이 다니엘에게 그럼 숲은 어떠냐고 재차 물었다.

「숲이 참 쾌적하네요.」

박장대소.

점심 식사를 하는 동안 다니엘은 아무것도 삼킬 수 없었다.

「파트리크와 결혼을 하게 되면 외교관 부인으로서 식사 예법에 맞게 요리 하나하나를 모두 맛봐야 한다는 건 알고 있죠?」 피에르 노통브가 그녀에게 물었다.

다니엘은 도움을 요청하는 눈길로 나를 쳐다보았다. 나는 아무 말이나 지껄였다.

「다니엘은 몸매를 관리하는 중이에요.」

또다시 박장대소.

「이것 봐요, 아가씨. 성냥개비처럼 비쩍 마른 당신이 몸매를 관리하다니 우스꽝스럽군요.」

정원에서 커피를 마실 때, 나는 할머니가 다니엘에게 상냥하게 말을 거는 것을 보았다. 마음이 놓였지만, 그 것도 잠시였다. 할아버지가 날 따로 불러 말했다.

「이젠 너도 이해했을 것 같구나. 이 결혼은 가당치 않은 일이야. 저 아가씨는 멍청하기 짝이 없어. 난 네게 도움을 준 거다. 날 믿거라. 물론 매력적인 아가씨이긴 하지. 그건 확실해. 그냥 애인으로 삼아.」

마음에 깊은 상처를 입은 나는 서둘러 그곳을 떠나기 위해, 다니엘을 거기서 끄집어내기 위해 시급하고 중요한 일이 있어서 이만 가봐야겠다고 말했다. 돌아오는 길에 나는 다니엘의 놀라운 긍정성을 가늠할 수 있었다.

「할아버지는 약간 피곤한 분이지만, 할머니는 정말 좋

은 분이셔.」

다니엘은 피에르 노통브가 그녀에게 모욕감을 주려고 일부러 연극을 꾸몄다는 걸 알아차리지도 못하고 있었다. 얼마나 예외적인 힘이고 용기인가! 나는 곧 우리의 결혼식 날을 1960년 6월 13일로 잡았다.

얼마 후, 다니엘의 아버지가 집으로 찾아왔다.

「결혼을 포기할 시간은 아직 있네.」 그가 나에게 말했다.

내가 발끈했다.

「왜 그런 말씀을 하시죠? 제 느낌에 아버님은 저한테 호감을 가지고 있으신데요.」

「그렇긴 하네. 하지만 이 결합은 자네 집안의 빈축을 사게 될 걸세.」

「우리 집안에 그럴 만한 훌륭한 이유가 있다고 생각하세요?」

「아니. 하지만 자네가 언젠가 내 딸과 결혼한 걸 후회할까 봐 그러네.」

「다니엘이 아버님의 딸인 만큼 제가 결혼을 후회하는 일은 더더욱 없을 겁니다. 제 삶의 비극은 아버지를 가지지 못한 것이었어요. 아버님은 저에게 이상적인 아버지의 표상입니다.」

이 선언에 감동했는지 장차 내 장인이 될 남자는 나에게 더는 결혼 포기를 종용하지 않았다.

결혼식 날, 피에르 노통브는 다니엘에게 했던 짓을 장인에게도 하려고 시도했다. 장인이 뭐라고 대꾸했는지는 알 수 없었지만, 나는 할아버지가 참담한 실패를 겪은 사람처럼 창백한 낯빛이 되어 장인 곁을 떠나는 것을 보았다. 그때부터는 내 아내의 이른바 변변찮은 태생이 더는 문제가 되지 않았다.

외교관이 되었다고 해서 곧바로 국외로 발령을 받는 것은 아니다. 우선 앞으로 40년 동안 누가 자신의 대화 상대자가 될지 배우기 위해 외무부에서 2년간 근무한다.

1961년 초가을, 다니엘은 나에게 임신 소식을 알렸다. 그 소식을 접한 나는 어쩔 줄을 몰랐다. 내가 늘 고통스 러울 정도로 결핍되었던 것, 즉 아버지가 되게 생겼으 니까.

「출산 예정일이 5월 말이래.」

「당신이 나에게 가장 아름다운 생일 선물을 준비해 준 셈이군.」내가 대답했다.

나도 내 말대로 될 줄은 몰랐다. 임신 기간은 큰 탈 없이 흘러갔고, 모든 흐름은 아기가 5월 24일에 태어날 거라고 예고하고 있었다.

그런데 맙소사, 감히 〈맙소사〉라고 표현해도 될지 모르겠지만, 5월 23일 18시경에 다니엘이 첫 진통을 시작했다. 나는 소리쳤다.

「좀 참아 봐! 몇 시간만 버티면 5월 24일이야.」

다니엘은 나를 노려보았고, 나는 그 눈빛에서 나의 어리석음과 무자격을 읽었다.

그날 23시 30분, 다니엘은 아들을 낳았다. 아버지가 산모 곁에서 출산을 지켜볼 수 없던 시절이어서 나는 기절을 면할 수 있었다. 그들은 아이의 몸에 묻은 모든 핏자국을 씻어 낸 후에야 나를 불렀다.

아들에게 내 아버지의 이름, 〈앙드레〉를 붙여 주기로 했다. 나를 아버지로 변모시킨 존재는 내 아버지의 이름을 가질 수밖에 없었다. 그 아이를 품에 안았을 때, 나는 아무 말도 떠오르지 않을 정도로 크나큰 사랑을 느꼈다.

앙드레는 연약하고 불안한 아기였다. 병치레가 아주 잦았다. 나중에야 나와 화해를 한 피에르 노통브는 자신의 첫 증손자를 보기 위해 브뤼셀까지 먼 걸음을 했다. 그는 최근에 쓴 시를 낭독해 주었고, 아기는 시의 아름다움을 느끼기라도 하듯 열심히 귀를 기울이는 표정을 지었다.

「난 우리 앙드레가 시인이 되리라는 걸 진작부터 알고 있었어.」증조부가 선언하듯 말했다.

나는 앙드레를 성가시게 하는 게 아닌가 걱정하지 않아도 될 때면 그 아이를 품에 안았다. 아이를 안을 때마다 알 수 없는 일이 일어났다. 텅 비어 있기도 하고 꽉 차 있기도 한 사랑의 심연이 내 가슴을 찢어 놓았다. 그것은 어마어마한 질문이었다. 부성은 나의 소명이었다. 나는 그것을 느꼈다. 그런데 부성이란 게 무엇으로 구성되는지에 대해서는 전혀 알 수 없었다.

나는 이 아이가 그것을 나에게 가르쳐 주기를 기대했다.

나의 첫 발령지는 막 독립한 콩고였다. 나는 다니엘과 앙드레를 데리고 머지않아 킨샤사라고 불리게 될 그 나라의 수도로 출발했다.

나를 반식민주의자로 규정하는 것은 완곡한 표현일 것이다. 나는 열렬한 심정으로 마침내 자유로워진 그 나라를 발견하고 싶었다.

1964년 여름, 벨기에 대사는 나를 스탠리빌[23]의 영사로 임명했다. 나는 내 직무를 다하기 위해 킨샤사에 가족을 남겨 둔 채 그곳으로 출발했다. 당시 콩고는 극심한 내부 갈등에 시달리고 있었고, 독립 직후부터 마르

---

23 Stanleyville. 지금의 키상가니를 가리킨다.

크스주의를 내세우는 반군이 나라 곳곳에서 발호했다.

8월 6일, 20세기에 가장 큰 규모의 인질극으로 남을 사건이 시작되었다. 반군들이 도시를 점령하고 그곳에 거주하던 백인 1천5백 명을 인질로 잡았다. 스탠리빌의 새 주인들은 킨샤사 정부에 그들의 조건을 받아들이지 않으면 인질을 모두 처형하겠다고 통고했다.

그들의 요구는 간단했다. 그들은 그들의 국가, 스탠리빌을 수도로 하는 콩고 인민 공화국을 인정해 주기를 원했다. 그들이 콩고 동부를 지배하는 것으로 만족하지 않고 나라 전체를 손에 넣으려 들리라는 것은 불을 보듯 뻔했다.

내가 과거 시제로 말하고는 있지만, 이 분쟁은 여전히 진행 중이다. 지금은 11월이지만, 인질극은 8월 초에 시작되었다. 나는 아주 오래전부터 이곳에 있는 듯한 느낌이 든다.

반군들은 곧바로 모든 백인을 팔라스 호텔에 집결시켰다. 노인, 임산부, 병자는 호텔 객실에 머물 수 있었다. 반군들은 나를 포함해 다른 모든 인질을 호텔의 큰 홀로 몰아넣었고, 그곳은 우리의 생활 터전이 되었다.

매일 아침, 반군들은 소총을 들고 나타나서는 이렇게 말했다.

「너희 정부는 여전히 우리를 인정하지 않고 있다. 그렇기에 우리는 너희 모두를 사살할 것이다.」

매일 아침, 나는 협상 대표를 자처하고 나섰다.

「흥미로운 계획이군요. 하지만 나는 벨기에 영사로서 협상을 시작하길 제안합니다.」

당시 나로서는 그들의 우두머리들과 협상 테이블에 앉아 밤늦게까지 대화를 이어 가는 게 무엇보다 중요했다. 인질 1천5백 명의 목숨이 내 웅변력이 아니라 담판을 한없이 길게 이어 가는 재능에 달려 있었다. 그래야만 했기에, 나는 몇 시간 동안 침을 튀겨 가며 열변을 늘어놓을 수 있었고, 그들의 요구 사항을 손에 쥐는 즉시 그들에게 우리의 호의는 물론이고 사의(謝意)까지 보증할 수 있었다.

내가 무슨 얘기를 늘어놓든 그것은 중요하지 않았다. 중요한 것은 설득력 있는 논리를 펼치는 것이었다. 반복도 얼마든지 환영이었다. 아니, 오히려 진절머리가 날 정도로 끝없이 반복해야 했다.

반군들을 특히 화나게 만드는 것은 콩고 정부의 완강한 거부였다. 나는 매일 그 상황에 대한 나의 분노뿐 아니라 그것을 변화시킬 수 없는 나의 무능을 표시해야 했다.

그러면 반군들은 어김없이 벨기에가 그들의 정부를 인정하면 킨샤사 정부도 어쩔 수 없이 그 뒤를 따를 거라고 대답했다. 그러면 나는 식민주의 시대가 저물었다고, 벨기에는 패배했다고, 그래서 기쁘다고 말하며 그 논리를 반박했다.

결단코, 절대 담판 중에 침묵이 자리 잡게 내버려둬서는 안 되었다. 내가 입을 다물면 그들도 입을 다물었고, 거의 곧바로 방아쇠의 악마가 깨어났다.

천성적으로 오히려 말이 없는 편인 나는 수다쟁이가 되는 법을 배웠다. 나는 새로운 셰에라자드였다. 나의 말재주에 내 동포들의 목숨이 달려 있었다. 물론 아무 말이나 지껄여서는 안 되었다. 반군들은 내 말 한마디 한마디에 귀를 기울였으니까. 말할 거리가 떨어졌을 때 하던 말을 처음부터 다시 시작하는 게 요령이라면 요령이었다. 그러면 반군 중 하나가 내 말을 끊고 이렇게 지적했다.

「그건 이미 말했잖아.」

그러면 이렇게 대답해야 했다.

「늦게 온 사람들을 위해서 다시 하는 겁니다.」

왜냐하면 담판의 원은 끊임없이 넓어져야 하니까.

9월 5일, 동부 반군의 우두머리인 크리스토프 그베니에가 스탠리빌로 입성했다. 그는 그날 바로 콩고 인민 공화국의 대통령이 되었다.

「어떻게 지내시오?」그가 나에게 물었다.

「아주 잘 지냅니다. 감사합니다, 대통령 각하.」

「스탠[24]에는 언제부터 있었소?」

「8월 1일부터 있었습니다.」

「도시가 마음에 드시오?.」

「안 들 이유가 있나요?」

그베니에가 우리의 담판에 합류했다. 그 역시 다른 반

24 스탠리빌의 약어.

군들과 마찬가지로 흔치 않은 웅변가인 것으로 드러났다.

나는 날이 저물었을 때도 피로를 잊을 수 있었다. 말들이 돌아다녔고, 그 말이 돌아오면 나는 그 말의 꼬리를 잡고자 하는 사람에게 순서를 넘겨주는 순간까지 몸과 마음을 다해 그 말을 붙들고 늘어졌다. 그 말씨름은 모두가 잠에 곯아떨어지는 순간까지 이어졌다. 난 늘 그 순간까지 버텨 내지 못했고, 다른 사람들과 함께 바닥에서 깨어나곤 했다.

그런 상황에서는 누구나 그러듯이, 나는 스톡홀름 증후군에 빠질 우려가 있었다. 내가 그 증후군에 빠지지 않은 것은 지속적인 노력이 무색하게도 반군들이 인질 중 몇 명을, 가끔은 내가 보는 앞에서 처형했기 때문이었다. 그럴 때면 나는 피투성이가 된 시신들에 눈길을 주지 않으려고 애썼다. 벨기에 영사가 피를 보면 정신을 잃고 만다는 사실을 반군들이 알게 된다면, 나는 모든 신뢰성을 잃게 될 터였고, 그러면 모든 게 끝장이었다.

그베니에가 그러한 나의 태도를 지적했다.

「영사 양반, 당신은 왜 당신네 자국민의 시신을 쳐다

보지 않으시오?」

「그분의 영혼에 대한 존중심 때문에 그렇습니다, 대통령 각하.」

이 대답이 관심을 불러일으켰다.

나는 인질이 목숨을 잃을 때마다 공포와 낙담에 대항해 싸우고, 내가 나의 적이 되는 것을 막으며 나 자신과 논쟁을 벌여야 했다. 강철처럼 단련된 정신 상태를 유지하지 못하면 말로 하는 방어를 이어 갈 수 없을 테니까.

우리 모두에게는 낙담에 빠지지 않기 위한 자신만의 기술이 있다. 나의 기술은 다른 세계가 있다는 사실을 거부하는 데 있었다. 모든 일이 바로 그곳에서 일어나고 있고, 나에게 다른 삶이 있었던 적이 없다고 끝없이 되뇌어야 했다. 가족을 떠올리기 시작하면 모든 게 끝장이었다. 때때로 경계를 소홀히 하면 다니엘의 머리카락에서 풍기는 향기와 같은 무시무시한 부드러움을 가진 몽상들이 나를 덮쳤다. 나는 그것들을 즉시 쫓아 버려야 했다. 안 그러면 향수의 나약함 속으로 빠져들고 말았을 테니까.

사람들은 스톡홀름 증후군을 너무 단순화했다. 거기

에는 사랑만 있는 게 아니다. 고함을 질러 대던 반군이 언성을 낮추기만 하면, 취사병이 무심코 내 식판에 음식을 한 국자 더 퍼 주기만 하면, 누군가 나에게 인간적인 눈길을 보내기만 하면, 나를 대화 상대자로 인정하고 귀를 기울여 주기만 하면, 나는 마음 깊은 곳에서 치미는 억누를 수 없는 감사의 마음에 사로잡히게 된다. 전날 받았던 모진 학대를 면제받기만 해도 나는 나를 선택받은 사람이라고 확신하게 된다. 사랑에 빠지는 게 아니라, 묘하게도 사랑을 받고 있다고 느끼게 되는 것이다. 그것은 역설적인 마조히즘과 뒤섞여 더 복잡해질 수 있는 색광증의 변종이다. 사랑에 빠지는 인질은 사랑을 받고 있다는 확신으로 편집증적인 장애를 일으키는 사람이다.

간수들을 사랑하는 지경에 이르지는 않았지만, 나는 담판에서 어떤 반군이 내 말을 들이마시듯 경청해 줄 때 내 안에서 훅훅 치미는 고마움의 마음을 억눌러야 했다.

반군들이 공산 국가를 세우길 원했기 때문에 나는 스스로 마르크스보다 더 마르크스적인 모습을 보이려고 애썼다.

「사유 재산은 절도죠. 당신들이 도시를 차지한다면, 당신들은 그 도시를 훔치는 겁니다.」

「우리는 그 도시를 점유하는 것이지 차지하는 게 아니오. 그건 크게 달라요.」

「우리를 인질로 붙들어 두는 게 정당합니까? 그건 어떻게 해명하겠습니까?」

「혁명은 대연회의 만찬이 아니오.」

「모범이 되고자 하는 신생국의 이미지를 위해서라도 이 방법은 그리 좋지 않아 보이는군요.」

「당신이 브뤼셀에서 신문으로 이 사건을 좇는다면 당신은 오히려 우리 쪽에 호의를 가질 거요.」

이 마지막 논거에 나는 적잖이 당황했다. 그래서 나는 그렇지 않다고 나 자신을 설득하려고 애썼다. 하지만 완전히 성공할 수는 없었다. 이처럼 반군들의 웅변은 늘 조금씩 앞서갔다.

나는 담판을 벌이는 동안 가능한 한 자주 음식을 먹었다. 바나나, 땅콩, 모암베,[25] 사카사카,[26] 모든 것이 맛

---

25 moambe. 콩고의 국민 요리로 불리는 닭고기 요리.
26 saka saka. 카사바잎을 베이스로 만든 요리.

있어 보였다. 그 절박한 상황은 식욕을 끊어 놓기는커
녕 나를 평소보다 더 허기지게 했다.

인질들에게 배급된 음식은 다행히도 호텔 창고에 어
마어마하게 쌓여 있는 통조림이었다. 그래서 많은 인질
이 금방 질려 했다. 나는 그렇지 않았다. 털어놓건대, 나
는 동포 몇몇과 이런 종류의 대화를 종종 나눴다.

「영 죽을 맛이지, 안 그래?」

「그래.」

「맛도 모르겠고, 식욕도 떨어지고?」

「맞아.」

「그럼 네 라비올리 통조림, 나 줘.」

통조림째 들고 먹어도 나는 아무렇지 않았다.

우리의 감금이 시작된 이후로 호텔에서 여러 신생아
가 태어났다. 그때마다 나는 마치 내가 그 아버지라도
되는 것처럼 큰 충격을 받았다.

인질의 처형은 대부분 우두머리들이 자리를 비웠을
때 발생했다. 따라서 나는 가능한 한 우두머리들이 자
리를 비우지 않게 하려고 총력을 다했다. 비가 내리는
날에는 담판을 팔라스 호텔 로비에서 벌이기가 더 쉬웠

다. 그런데 불행하게도 날씨는 대개 화창하기만 했고, 그들은 담판을 벌이러 나를 강가로 데려갔다.

가끔 그들이 나에게 곧 처형이 있을 거라고 통보를 해줄 때도 있었다. 그러면 나는 부리나케 달려가 반군들이 인질을 처형하지 못하게 그들 사이에 끼어들었다. 그들이 나에게 왜 끼어드냐고 물으면, 나는 이렇게 대답했다.

「내 직업이니까요.」

「당신이 인간 방패야?」

「난 협상가입니다.」

「누가 당신에게 그 자격을 줬지?」

「그베니에 대통령이오.」

그 이름을 들은 반군들은 즉각 처형을 중단했다. 하지만 불행하게도 그 방법에도 여러 번의 실패가 있었다. 아무것도 하지 못한 채 살인 행위를 지켜봐야 하는 것만큼 가슴 아픈 건 없다. 나는 니체의 격언에 따랐다. 〈즐거운 지식〉[27]을 따르기 위해서가 아니라 정신을 잃지 않기 위해 눈길을 돌렸고, 그러면 늘 내가 앞에서 말

27 니체가 쓴 책의 제목을 가리킨다.

한 바 있는 질문이 던져졌다.

사살당한 지 꽤 된 인질들의 시신을 발견하는 때도 있었다.

「당신, 저 시신들은 쳐다보는군.」 반군들이 지적했다.

「영혼이 떠난 시신들이니까요.」

달리 말해, 피가 말랐다는 뜻이었다.

인질이 처형될 때마다 나는 협상가로서 내 능력의 한계를 느꼈다. 공포를 넘어 죄책감을 느꼈다. 그럴 때면 나는 나 자신과 담판을 벌여야 했다. 〈넌 동시에 여러 곳에 있을 수 없어. 네가 없었다면, 인질 모두가 첫날에 바로 살육을 당했을 거야.〉 이 주장에 대해 나는 이렇게 대답하지 않기 위해 갖은 애를 써야만 했다. 〈차라리 그게 훨씬 나았을지도 몰라. 그 많은 고통과 불안을 겪지 않아도 됐을 테니까. 우리의 가족들은 불안에 갉아먹히는 대신 우리의 상(喪)을 치렀을 거야.〉

그럴 때면 내 어머니처럼, 그것도 거의 같은 나이에 과부가 될 다니엘을 생각하지 않기는 힘들었다. 안 된다. 그런 평행 우주는 존재하지 않았다. 배후의 세계, 다른 나라, 다른 도시, 특히 다른 사람들은 없다고 생각해

야만 했다.

인질들 사이에 놀라운 우정이 생겨났다. 이곳의 벨기에인들은 오래전부터 서로 아는 사이였지만, 그렇다고 서로 좋아한 것은 아니었다. 호텔 로비에 억류되어 몇 달을 함께 보낸 다음에야 그들 사이에 어떤 친근함이 나타났다.

우리 중 하나가 호텔 지하 창고들을 뒤지다가 어마어마하게 쌓여 있는 베르무트병을 발견했다. 우리는 그것을 지층으로 옮겨 함께 나눠 마시고 싶었지만, 반군들에게는 주고 싶지 않았다. 그래서 인질들에게 정보를 흘렸다. 「사기가 바닥으로 떨어지면 살그머니 지하로 내려가 마음껏 드세요.」

나 역시 그것을 맛보고 싶은 마음이 간절했다. 하지만 불행하게도 너무 위험했다. 언제든 시작될 수 있는 담판에서 술 냄새를 풍겼다가는 모든 게 끝장이었다.

끌려오는 와중에도 정신이 있었는지 카드를 챙겨 온 인질이 꽤 있었다. 휘스트[28]는 그들의 주된 활동이 되었다. 몇몇 벨기에인은 잠시도 쉬지 않고 그 카드놀이에

28 whist. 카드 게임의 일종.

몰두했다. 책을 가져온 사람들이 빌려주기도 했다. 모두가 책이 몇 권밖에 없는 걸 몹시 아쉬워했다.

8월 초에 스탠리빌로 올 때 3주만 머물 예정이었기 때문에 나는 소설 두 권, 장 지오노의 『권태로운 왕』과 슈테판 츠바이크의 『위험한 연민』만 챙겨 왔다. 『위험한 연민』은 내가 늘 곁에 두고 읽는 애독서가 되었다. 나는 그 책을 아껴 읽었다. 내가 겪고 있었던 것과는 너무나 판이한 그 이야기가 왜 그토록 큰 충격을 주었을까? 아마도 이런 이유 때문일 것이다.

그베니에 대통령이 그 책을 한창 다시 읽고 있는 나를 보고는 물었다.

「뭘 그렇게 열심히 읽고 있소, 영사 선생?」

나는 그에게 표지를 보여 주었다.

「『위험한 연민』이라…… 아름다운 제목이로군.」 그베니에가 말했다.

「그렇죠?」

「안심하시오. 때가 오면 우리에게 연민은 없을 테니까.」

이 말은 나를 안심시켜 주지 못했다. 〈때가 오면〉이

라…… 그도 나와 같은 것을 생각했을까? 이런저런 가능한 결말을 상상해 본 나는 벨기에 공수 부대의 투하를 가장 가능성이 큰 해결책으로 꼽았다. 나는 그것을 바란 만큼 그것이 두렵기도 했다. 왜냐하면 그런 일이 발생한다면 셰에라자드처럼 끝없이 말을 늘어놓는 내 재능도 피비린내 나는 살육을 막지는 못할 테니까. 나는 나를 신문하는 반군들에게 그러한 가설은 성립될 수 없다고 대답했다.

「벨기에인들은 늘 협상을 선택합니다.」나는 반복해 말했다.

「당신처럼?」

「그렇소. 내가 대표적이죠.」

「그런데 당신 정부는 입을 다물고 있잖소.」

「그에 대해서는 나도 아는 게 없습니다. 벨기에 외교부와 전혀 접촉하지 못하고 있으니까요. 하지만 내가 외교관으로서 벨기에 정부를 대표하고 있다는 사실을 잊지 마시오.」

「그렇다면 우리 국가를 인정하시오.」

「그러고 있잖습니까. 불행하게도 내 말만으로는 충분

하지 않아서 그렇지.」

「그래서 우리가 당신을 인질로 붙잡아 두고 있는 거요.」

「그래서 내가 당신에게 우리를 죽이지 말라고 하는 겁니다.」

다시 시작되었다. 나는 같은 정리를 다소 우아한 방식으로 수도 없이 증명하는 수학자가 된 듯한 느낌이 들었다. 가끔, 한 반군이 느닷없이 나에게 총구를 들이대며 묻기도 했다.

「내가 지금 당장 당신을 죽이지 못할 이유가 뭐요?」

내가 대답했다.

「그러면 막 생겨난 당신의 공화국에 나쁜 이미지를 주게 될 겁니다.」

또는,

「그러면 당신들과 기꺼이 담판을 벌이는 협상가를 잃게 될 겁니다.」

또는,

「나는 당신들의 살아 있는 기억입니다. 당신들의 국가가 인정되면, 나는 전 세계에 당신들의 전설을 이야기할 수 있을 겁니다.」

말이 지배하는 한, 나는 그 궁지에서 벗어나길 희망할 수 있었다. 반군이 경고 한마디 없이 나에게 총부리를 겨눈 적이 몇 번이나 있었던가! 그 경우에는 그의 동료들이 내 목숨을 구했다.

「조심해, 대통령께서 그 친구에게 말하는 걸 좋아하셔.」

「자기 손으로 직접 죽이고 싶어 하시는 것 같은데?」

「그럴 수도 있고.」

어느 날 열두 살 꼬마가 나에게 칼라시니코프 자동 소총을 들이댔을 때, 나는 그에게 그 논거를 사용했다.

「넌 날 죽일 수 없어. 대통령이 자기 손으로 날 죽이고 싶어 하니까.」

아이는 몹시 짜증이 난 표정을 지으며 총부리를 거뒀다.

그 아이는 다른 수백 명의 아이와 마찬가지로 대장정 중에 반군에 합류했다. 그들은 모두 자신이 총알에 면역이 있다고 확신했다. 총알이 그들에게 닿으면 물방울로 변하고, 그들은 스와힐리어로 사자를 뜻하는 〈심바〉로 변했다. 그 아이는 여섯 살 시절의 기억에 남아 있는 노통브 집안 아이들처럼 누더기를 걸치고 있었다. 똑같이 누더기를 걸친 아이들 한 무리가 우르르 몰려들었다. 그들이 칼라시니코프 소총 한 자루를 집더니 그것을 공 삼아 핸드볼 게임을 시작했다. 죽음의 위기를 넘겨 기분이 좋았던 나는 그들이 노는 것을 바라보며 허기와 전쟁을 벌였던 어린 시절의 아이들, 나를 단련시켰고, 그곳에서 살아남아 두 발로 서는 힘을 준 야생의 어린 시절을 떠올렸다.

유예의 넉 달 동안 단 한 시간이라도 목숨을 부지한 것을 성공으로 여기다니, 나는 그처럼 극단적인 철학적 가르침을 받아 본 적이 없었다. 사람들은 우리 모두에게 그 유명한 〈카르페 디엠〉을 가르친다. 우리가 아무리 고개를 끄덕여도 부질없다. 그것을 실천에 옮기는 사람은 아무도 없으니까.

스탠리빌에서 그것을 몸과 마음으로 경험하는 기회가 주어졌다. 바닥에 누워 하늘을 올려다보며 잠을 청하고, 숨을 쉬고, 시큼한 새똥 냄새를 맡고, 실재하는 세계를 바라보고, 허공에 귀를 기울이며 기뻐하는 기회가.

무엇 하러 다른 욕망을 가지겠는가?

잠이 들면 과거가 나를 따라잡았다. 꿈에 다니엘, 앙드레, 어머니, 퐁두아가 나타났다. 나는 잠에서 깨어나면 쓸데없는 희망으로 내면을 들끓게 만들지 않기 위해 이런저런 술책을 만들어 적극적인 억압을 가했다. 어느날 밤, 나는 랭보의 「취한 배」에 대한 꿈을 꿨고, 〈내 하나 탐하는 유럽의 물이 있다면…… 배를 띄우는 검고 차가운 플라슈야〉라고 웅얼거리며 잠에서 깨어났다. 나는 내가 금지된 말을 내뱉기라도 한 것처럼 바로 입을 다물었다.

그베니에 대통령이 나에게 파트리스 루뭄바[29]를 어떻게 생각하느냐고 물은 적이 있었다. 그것은 그가 나에게 던질 수 있는 것 중 가장 위험한 질문이었다. 그베니에가 루뭄바의 사상과 행동을 배반했기 때문이었다. 자유롭게 대답할 수 있었다면, 나는 비록 한 번도 만난적은 없지만 그 인물이 나에게 불어넣은 깊은 호감과,

---

29 Patrice Lumumba(1925~1961). 콩고 독립운동가이자 정치인으로 콩고 민주 공화국의 초대 총리를 지냈다.

그의 암살이 나에게 불러일으켰던 분노를 표현했을 것이다.

그베니에는 루뭄바의 측근 중 한 사람이었다. 담판 중에 반군들이 루뭄바라는 인물을 거론할 때 그들의 태도가 너무 모호해서 나는 그들이 그베니에의 기분을 상하게 할까 봐 얼마나 두려워하는지 가늠할 수 있었다. 그들에게 루뭄바는 결코 무시할 수 없지만 거추장스러운 순교자였다. 베르나노스[30]의 늙은 신부는 젊은 사제를 꾸짖으며 이렇게 말한다. 「주님께서는 우리를 성인들로부터도 지켜 주신다네.」[31]

간단히 말해, 나는 신중하게 이렇게 대답했다.

「흥미로운 인물이죠. 하지만 나는 그를 직접 만나 보는 영광을 누리지 못했습니다. 그와 가까이 지내신 대통령께서는 그에 대해 어떻게 생각하십니까?」

그베니에는 영악하기 짝이 없는 궤변론자에게 어울릴 법한 냉소적이고 모호한 답변을 내놓았다. 그는 루

---

30 Goerges Bernanos(1888~1948). 프랑스 소설가로, 늙은 신부가 젊은 사제를 꾸짖는 내용은 가톨릭 문학의 백미로 알려진 『어느 시골 신부의 일기』에 등장한다.

31 성인의 삶은 소수의 사람에게만 주어진다는 뜻.

뭄바를 경배했을까, 증오했을까? 그의 말은 두 가설을 모두 용인했다.

1961년 한창 젊은 나이에 살해당한 루뭄바는 영웅의 얼굴을 가지고 있었다. 그의 아름다움은 그를 체 게바라와 비견하게 했다. 루뭄바보다 나이 든 그베니에는 둥근 낯짝, 작은 배, 덥수룩한 턱수염으로 체 게바라보다는 피델 카스트로를 떠올리게 했다. 아마 그는 루뭄바에게 피델 카스트로가 체 게바라에 대해 품었다고 한 번도 털어놓은 적이 없는 비밀스러운 질투심을 느꼈을 것이다.

그 도시 외곽에 최근에 세워진 현대적이고 성대한 횃불 모양의 파트리스 루뭄바 기념비가 있었다. 아프리카인들의 사형 집행이 이루어지는 곳이 바로 그곳이었다. 기념비 앞에서 처형을 당하는 건 그럴 만한 자격이 있기 때문이었다. 반군들이 루뭄바에 대해 보인 양가감정은 그 위상 기하학에서 선명하게 드러났다. 루뭄바라는 이름은 사형 집행과 결합되어 있었다.

「벨기에는 루뭄바를 어떻게 생각하시오?」 그베니에가 나에게 물었다.

「아주 복잡합니다. 시간이 그의 업적을 완성하겠죠. 언젠가 브뤼셀에 파트리스 루뭄바 광장이 생기는 걸 보시게 될 겁니다.」

「크리스토프 그베니에 광장도 생기겠소?」

「누가 알겠습니까?」 나는 감히 벨기에인 수백 명을 인질로 붙잡아 두고 개중 30여 명을 이미 처형한 것은 그 목표에 도달하기 위한 최선책은 아니라고 말하지 못한 채 이렇게 대답했다.

「파트리스 루뭄바는 도대체 누가 죽였소?」 그가 느닷없이 나에게 물었다.

그 질문은 오로지 날 당황하게 만들려고 던진 것이었다. 수많은 가설이 돌아다녔지만, 어느 것도 사실로 확인되지 않았다. 범인들을 밝혀내려면 분명 수년간에 걸친 수사가 필요할 터였다. 분명 그베니에는 나에게서 확고한 진술이 나오길 기다리고 있었다. 그래서 나는 대답했다.

「『오리엔트 특급 살인』과 마찬가지예요. 모든 등장인물이 범인이죠.」

「재미있군! 난 이제 그 책을 읽을 수 없겠어. 당신이 나에게 수수께끼를 풀 열쇠를 줬으니.」

나는 그에게 우리의 경우에는 누가 범인이고, 누가 희생자인지 모두가 알고 있다고 대꾸할 수 없었다. 아직 모르는 것은 범죄의 발생 시점과 그 규모였다. 과연 몇 명이나 죽게 될까?

시간이 갈수록, 우리는 대단원이 점점 다가온다는 것을 느꼈다. 나는 매일 아침 바로 그날 벨기에군의 개입이 있을 것이라고 생각하며 잠에서 깨어났다.

이 임박을 아무도 입에 올리지 않았지만, 그것은 모두의 신경을 곤두서게 했다. 반군이나 인질이나 그것이 피의 살육이 되리라는 것을 알고 있었다. 우리는 서로를 흘깃거렸다. 우리를 사로잡고 있던 〈누가 죽을까?〉라는 질문을 던지기 위해 말을 할 필요는 없었다.

나는 인질들이 주고받는 극히 단순한 대화를 들었다.

「나에게 무슨 일이 생기면 내 아이들을 돌봐 주게. 자네에게 불행이 닥치면 내가 자네 아이들을 돌봐 줄 테니.」

「좋아.」

우리는 간수들 역시 목숨을 잃을 위험이 있다는 걸 알

고 있었다. 우리는 그에 대해서는 생각하지 않으려고 애썼다. 정말 이상하게 보일지는 몰라도, 우리는 그들의 죽음을 원치 않았다.

나는 가끔 털어놓기 어려운 환상을 품었다. 그베니에 가 와서 모든 게 연극이었고, 이제 그 연극은 끝났다고, 우리는 모두 자유고, 단 한 번도 그렇지 않은 적이 없었다고, 우리를 시험하기 위해 형이상학적인 게임을 한 것뿐이라고 말하는 환상을. 하지만 내 눈앞에서 사살된 인질들에 대한 생생한 기억이 내 몽상을 무참하게 깨버렸다.

나는 끔찍한 죄책감과도 싸워야 했다. 아직 살아 있다는 것만으로도 부끄럽기 짝이 없었다. 협상가라는 내 역할에는 애매한 구석이 없지 않았다. 그럴 때면 나 자신에게 아주 단호하게 말해야 했다. 나는 외교를 선택했다고. 내가 하는 것은 선도 악도 아니었다. 그것은 내 직업이었다. 내가 없었다면 분명히 훨씬 더 많은 인질이 목숨을 잃었을 것이다.

그 악마의 입을 봉하는 것은 아주 힘든 일로 드러났다. 장군이었던 외할아버지의 목소리를 가진 독특한 초

자아가 큰 도움이 되었다. 〈이러한 정신 상태는 너한테 어울리지 않아.〉

그즈음부터 담판은 거의 언제나 이런 질문으로 시작되었다.

「영사 선생, 벨기에군의 개입에 대한 소식 들었소?」

「아는 바가 전혀 없습니다.」

「당신네 외교부와 접촉을 했을 것 아니오?」

함정에 빠지지 말아야 했다. 「그 질문을 수도 없이 하셨는데, 당신도 잘 아시다시피…….」한번은 어리석게도 이렇게 대꾸한 적이 있었다. 이 대꾸로 나는 호된 구타를 당했다. 나는 그들이 신문하면서 취하는 방식이 아주 정확하게 정해진 수사법, 따라서 독특한 세계관에 속한다는 것을 서서히 깨달았다.

이곳의 시간은 일반적인 논리에 따르지 않았다. 어제의 말은 오로지 어제하고만 관련이 있었다. 내 동료 중 하나는 하룻밤 사이에 라디오 수신기를 조립할 수 있었다. 반군들은 그것에 강박적으로 사로잡혀 있었다. 그들은 수시로 있지도 않은 수신기를 찾기 위해 우리를 머리끝부터 발끝까지 샅샅이 뒤졌다. 한 호텔 객실에서

한 늙은 부인이 에어컨의 세기를 조절하다가 그들에게 발각되었다. 내가 제때 개입하지 않았다면 그들은 그 부인을 몰래 라디오 수신기를 조작하는 마녀로 몰아 사살했을 것이다.

「나는 넉 달 전부터 벨기에 외교부와 전혀 접촉하지 못하고 있습니다.」

「그럼 벨기에 당국과는 언제 소통이 되겠소?」

「그건 나도 모릅니다.」

「당신의 상급자들과 접촉이 되면 그들에게 뭐라고 말하겠소?」

그 질문에는 수많은 함정이 숨어 있어서 어떻게든 우회하는 것이 중요했다. 나는 회피하는 기술에 있어서 전문가가 되어 있었다.

요리조리 빠져나가는 내 답변은 결국 그들의 신경을 건드리고 말았다. 그들은 9일간 나를 독방에 가뒀다. 나에게 그것은 최악의 형벌이었다. 고독은 늘 나를 어린 시절의 슬픔으로 돌려보냈다. 불안하더라도 나는 다른 사람들과 지내는 게 훨씬 좋았다.

독방에는 매트리스가 깔려 있었다. 몇 주 전부터 다

른 사람들처럼 맨바닥에서 잠을 청했던 나는 처음에 얼씨구나 좋아했다. 하지만 곧 착각에서 깨어났다. 그 매트리스에서는 상상을 넘어서는 냄새가 풍겼다. 나는 독방에 갇혀 지내는 동안 부족했던 수면을 보충하기로 마음먹고 맨바닥에 누웠다. 쥐들이 달려들어 내 계획이 어림도 없다는 걸 알려 주었다. 매트리스에서 나는 끔찍한 냄새의 정체를 알아차린 건 바로 그때였다. 그들이 죄수를 배려한답시고 매트리스에 강력한 살충제를 뿌려 놓았던 것이었다. 나 역시 박멸해야 할 벌레의 목록에 드는 건 아닌지 의심이 갈 정도로.

그래도 나는 그 매트리스 위에 누웠다. 그러곤 후각을 무시하고 촉각에 특권을 부여하는 어마어마한 노력에 집중했다. 이틀이 지났을 때, 나는 곰팡내를 더는 맡지도 못했다. 그동안 나는 협상가라는 직책에 완전히 사로잡혀 심각한 수면 부족 상태에 빠져 있었다. 나는 식사 시간에만 잠시 깨어났을 뿐, 내내 잠만 잤다. 식사 시간에는 쥐들이 달려드는 걸 막기 위해 닥치는 대로 허겁지겁 입에 욱여넣어야 했다.

독방에서 풀려난 나는 인질들뿐 아니라 반군들에게

도 반가운 마음이 들었다. 사람들을 보고 그들과 얘기를 나누는 건 얼마나 큰 행복인지! 감히 사르트르가 말한 〈지옥, 그건 타인들이다〉를 반박하지는 않겠지만, 그 지옥이 내 마음에 들었다는 생각이 들기는 한다.

그 정도 처벌로 내가 난관에서 벗어날 수는 없었다. 다시 담판이 벌어지자, 반군들은 나에게 물었다.

「9일 동안 독방에서 곰곰이 생각해 봤을 테니 말해 보시오. 우리 인민 공화국에 대한 당신 정부 입장이 뭐요?」

「내내 독방에 갇혀 있었는데, 내가 그걸 어떻게 압니까?」

「당신, 벨기에 영사잖아. 그래, 안 그래?」

담판이 좋지 않게 흘러갔다. 나에게서 속 시원한 대답이 나오지 않자, 머리끝까지 화가 치민 담판의 주 상대자가 결국 이 운명적인 명령을 내리고 말았다.

「저자를 기념비로 끌고 가!」

나는 그것이 무엇을 의미하는지 알고 있었다. 나에게 그것은 영광이었다. 나는 총살당할 만한 자격이 있는 반군들처럼 루뭄바 기념비 앞에서 사형을 당하는 권리를 누릴 것이다.

나는 이제 다시 현재 시제로 말할 수 있다. 나는 저 열두 명의 반군 앞에 언제부터 서 있는 걸까? 나는 현기증이 너무 심해 지속의 개념을 상실한다. 그것을 적극적으로, 내 나름대로 노력해서 상실한다. 그것을 상실할수록 나는 점점 더 임박의 현기증에 사로잡힌다. 그보다 더 강렬한 감각은 없다. 찰나의 순간이 지나면 나는 죽을 것이다. 나는 겁에 질린 만큼 안달이 난다. 죽음은 아킬레우스고, 나는 거북이다. 나는 무한한 시간 동안 내 죽음을 기다리고 있다. 죽음은 나를 따라잡을까?[32]

조금 전만 해도 나는 한창 건강할 때 죽는 것이 유감이었다. 그런데 지금은 건강할 때 죽어서 다행이라는 생각이 든다. 나는 죽음을 철저히 겪고, 그것을 내 젊음으로 안아 줄 수 있을 것이다. 마침내 그토록 바라던 경지, 죽음을 받아들이는 경지에 도달했다. 나아가 운명을 사랑하는 경지까지. 나는 내게 닥치는 것을 사랑한다. 절대적인 나의 무지(無知)까지도 사랑한다. 그게 죽음으로 들어가는 올바른 방식이 아닐까?

나는 부르릉거리는 엔진 소리와 끽끽거리는 타이어

32 제논의 역설을 뜻한다.

의 마찰음을 듣는다.

「집행 중지!」

그베니에의 목소리다.

「그자는 죽이지 않는다.」 그베니에가 권위적인 목소리로 말한다.

나는 그베니에가 내 이야기를 하고 있다는 걸 깨닫는다. 순간 아쉽다는 생각이 든다. 나는 준비가 되어 있었다. 언젠가 죽음을 맞을 때 내가 그 정도로 준비가 되어 있을지는 나도 모르겠다.

잠시 후, 비할 데 없이 큰 기쁨이 날 사로잡았다. 기쁨이 너무나 강렬해서 그것을 드러내는 게 창피한 일이라는 것도 잊고 만다. 나는 살아 있고, 계속 살아 있을 것이다. 얼마나? 2분, 두 시간, 50년? 그건 중요하지 않다고 단언한다. 그런 식으로 살아야 한다. 나는 그 의식을 영원히 간직하길 희망한다.

그베니에가 만면에 웃음을 띠고 나에게 다가온다.

「기분이 어떠시오, 영사 양반?」

「아주 좋습니다, 대통령 각하.」

「우리의 작은 농담을 어떻게 생각하시오?」

「유머 감각이 보통이 아니십니다.」

그베니에는 무슨 말을 해야 나에게 더 큰 상처를 줄 수 있을지 궁리한다. 그가 찾아낸다.

「자식이 있소, 영사 양반?」

「예, 대통령 각하.」

「몇 명이나? 이름이 뭐요?」

「두 살배기 아들은 앙드레고, 태어난 지 얼마 안 된 딸은 쥘리에트입니다.」

「셋째도 낳고 싶소?」

「그건 당신 손에 달려 있죠, 대통령 각하.」

에필로그

1964년 11월 24일 새벽, 벨기에 공수 부대원들이 스탠리빌에 투하되었다. 인질들은 그 순간을 두려워했던 만큼이나 손꼽아 기다렸다. 반군들은 인질들을 호텔에서 끌어내 집결시켰다. 신호가 떨어지자, 그들은 인질들을 향해 총을 쏘기 시작했다.

각자도생. 인질들은 온 힘을 다해 달아났다. 사방에서 피가 튀었지만, 파트리크 노통브는 정신을 잃지 않는다. 살아남고자 하는 격렬한 열망을 과소평가해서는 안 된다. 인질 열 중 아홉처럼, 그도 생존자 명부에 이름을 올렸다.

저자 노트

　나의 아버지 파트리크 노통브는 1993년 라신 출판사를 통해 『스탠리빌에서*Dans Stanleyville*』라는 제목의 책을 출간했다(2007년 브뤼셀의 마주앵 출판사에서 재출간되었다).

옮긴이의 글
죽음과 삶의 책

코로나 19가 유럽을 덮친 2020년, 지병을 앓던 아멜리 노통브의 아버지 파트리크 노통브는 첫 격리 조치가 취해진 3월을 못 넘기고 사망한다. 당시 파리에 내려진 이동 제한 조치로 인해 벨기에에서 열린 아버지의 장례식에 참석하지 못한 아멜리는 가슴에서 지워지지 않을 크나큰 슬픔을 겪는다. 그해 여름 뒤늦게 아버지의 무덤을 찾아 눈물을 쏟지만, 상실의 상처는 아물지 않는다. 그래서 그해 겨울 그녀는 아버지의 서재에서 제대로 상을 치르기 위해, 다시 말해 자신에게, 그리고 아버지에게 마음의 안식을 주기 위해 『첫 번째 피』를 쓴다.

따라서 『첫 번째 피』는 작가가 아버지의 영전에 바치는 추도사다. 그런데 이 추도사는 두 가지 측면에서 아주 독특하다. 자식이 없는 아멜리 노통브가 자기 작품들을 자식으로, 집필 과정을 출산 과정으로 여긴다는 건 익히 알려져 있다.[1] 그러니까 그녀가 지면에 부활시킨 파트리크는 그녀의 아버지이자, 글쓰기를 통해 낳은 자식인 셈이다. 〈내 아버지는 내가 아주 어릴 적에 가졌던 커다란 아이〉라는 권두의 인용문은 이러한 맥락에서 이해되어야 할 것이다. 갓난아기 때 아버지를 잃고서 (군인이었던 아멜리의 할아버지는 스물여덟의 젊은 나이에 지뢰 사고로 목숨을 잃는다) 평생 아버지상(像)을 찾아 헤맨 파트리크가 자신이 낳은 첫아들에게 아버지의 이름을 붙여 주는 걸 보면, 어쩌면 아버지와 자식의 순환이 집안 내력인지도 모르겠다.

작가가 글쓰기를 통해 상실의 아픔을 준 존재를 부활시키고자 하는 건 그리 드문 일은 아니다. 하지만 아멜리의 경우에는 위에서 말했듯 방식이 독특하다. 그녀는 아버지에 〈대해서〉가 아니라 아버지가 〈되어서〉, 다시

1 〈『첫 번째 피』의 출산은 무척 힘들었어요.〉—『오주르뒤』지 인터뷰.

말해 일인칭 관점에서 아버지의 이야기를 쓴다.[2] 『갈증』에서 예수에 빙의해 이미 실험한 바 있는 이 방식은, 열두 살 때 겪은 비극적 사건 이후로 죽음에 사로잡힌 작가가 사라진 존재와 나누려는 〈영적인 소통〉의 열망, 그리고 역설적으로 삶이 주는 쾌감에 대한 집착을 드러내는[〈내 의식이 눈을 뜨던 시절, 나는 존재하는 것에 대한 유별난 기쁨을 본다〉(11면)] 장치로서 작동한다. 이러한 신비주의적 성향은 대개 검은색을 띠는 유머와 함께 작가의 작품 세계를 특징짓는 주요한 기제 중 하나다.

소설 『첫 번째 피』는 열두 정의 총부리를 마주 보고 처형대에 선 파트리크의 감회로 시작된다. 죽음을 목전에 두면 지난 일생의 기억들이 주마등처럼 생생하게 뇌리를 스쳐 간다지 않는가. 따라서 이 소설에서는 일찍이 사랑하는 남편을 여의고 상심에 빠진 어머니의 사랑을 갈구하는 유년 시절, 아르덴 숲 퐁두아의 노통브성을 무대로 펼쳐지는 잔혹 동화 같은 소년 시절의 모험

---

2 〈관건은 아버지에 대해 쓰는 게 아니라 아버지가 되는 것이었어요.〉 — 같은 인터뷰.

담, 「시라노 드 베르주라크」를 연상시키는 학창 시절의
연애담, 그리고 스물여덟의 신참 외교관으로서 1천5백
에 달하는 인질의 목숨을 놓고 콩고 반군과 벌인 담판
까지, 파트리크의 삶을 수놓은 주요한 사건들이 연대기
순으로 그려진다.

　소설의 마지막 장, 파트리크는 여전히 처형대에 서서
〈현재〉라는 시간이 주는 삶의 생생한 쾌감을 맛보고 있
다. 이제 곧 그는 죽을 것이다. 그런데 마지막 순간, 극
적으로 개입해 파트리크의 처형을 중단시킨 반군 우두
머리가 묻는다.

　「자식이 있소, 영사 양반?」
　「예, 대통령 각하.」
　「몇 명이나? 이름이 뭐요?」
　「두 살배기 아들은 앙드레고, 태어난 지 얼마 안 된
딸은 쥘리에트입니다.」
　「셋째도 낳고 싶소?」
　「그건 당신 손에 달려 있죠, 대통령 각하.」(191면)

피를 보면 기절할 정도로 비폭력적인 파트리크는 말 (言)을 방패 삼아 〈기어이〉 살아남았고, 그래서 낳은 셋째가 아멜리다. 그렇다, 살아남고자 하는 연약한 존재의 열망, 혹은 집착을 과소평가해서는 안 된다.

2024년 11월
이상해

옮긴이 **이상해** 한국외국어대학교와 동 대학원 프랑스어과를 졸업하고 프랑스 스트라스부르 대학교, 릴 대학교에서 박사 과정을 수료했다. 현재 한국외국어대학교에 출강한다. 『측천무후』로 제2회 한국 출판문화 대상 번역상을, 『베스트셀러의 역사』로 한국 출판 평론 학술상을 수상했다. 옮긴 책으로 아멜리 노통브의 『비행선』, 『갈증』, 『너의 심장을 쳐라』, 『추남, 미녀』, 『느빌 백작의 범죄』, 『샴페인 친구』, 『푸른 수염』, 『머큐리』, 에드몽 로스탕의 『시라노』, 미셸 우엘벡의 『어느 섬의 가능성』, 델핀 쿨랭의 『웰컴, 삼바』, 파울로 코엘료의 『11분』, 『베로니카, 죽기로 결심하다』, 크리스토프 바타유의 『지옥 만세』, 조르주 심농의 『라 프로비당스호의 마부』, 『교차로의 밤』, 『선원의 약속』, 『창가의 그림자』, 『베르주라크의 광인』, 『제1호 수문』 등이 있다.

첫 번째 피

발행일 2024년 12월 5일 초판 1쇄

지은이 아멜리 노통브
옮긴이 이상해
발행인 홍예빈
발행처 주식회사 열린책들

경기도 파주시 문발로 253 파주출판도시
전화 031-955-4000 팩스 031-955-4004
홈페이지 www.openbooks.co.kr 이메일 literature@openbooks.co.kr